우주 최강 도깨비

이레 글 • 모차 그림

이지북
EZbook

차례

초록 지붕 집 도강비,
빨간 지붕 집 우주랑

푸르께한 불덩이가 알록달록한 주택 지붕을 맴돌다
공원 뒤로 사라졌다. 잠시 후 하늘가로 붉은 노을이 퍼
졌다.

설거지를 마치고 보니 양은 냄비 도색이 벗겨져 있었
다. 주랑은 빨간 고무장갑을 빼고 고개를 갸웃거렸다.

"요즘 이상하게 힘 조절이 안 되네."

회사에 다니는 아빠는 회식이 있어 조금 늦는다고 했
다. 주랑은 재활용 쓰레기를 아슬아슬하게 품에 안고,
커다란 쓰레기봉투를 손에 쥐고서 밖으로 나왔다. 아빠
가 보면 분명 "엄청나게 먹더니 힘이 장사네."라고 했을 것이다. 요사이 주랑은 힘이 넘친다는 느낌을 종종 받았다.

'나중에 힘쓰는 직업을 가져야 하나? 역도나 원반던지기 선수도 좋을 것 같은데…… 아빠가 싫어하려나?'

주랑은 힘쓰는 일이라면 뭐든 할 수 있을 것 같았다. 거뜬히 쓰레기봉투를 울타리 밖에 내놓고 다섯 계단 위에 있는 현관문을 바라보았다.

주랑이 사는 2층 주택 단지는 백여 가구가 가로수 길을 사이에 두고 나란히 마주 보고 있었다. 모두 목조 주택으로 깔끔한 하얀색 벽에 집마다 지붕 색이 달랐다. 그림책에 나오는 유럽의 한적한 마을처럼 예쁜 동네였다.

주랑이네 집은 빨간색 지붕에 현관문조차 강렬한 빨간색이었다. 주랑의 엄마가 선택한 색이다. 침대 위의 빨간색 이불과 베개도 엄마가 준비했다. 유독 빨간색을 좋아하는 걸 보면 엄마 취향도 꽤 독특했던 모양이라고 주랑은 생각했다.

'나는 빨간색 별로인데.'

그때 자그마한 것이 주랑의 발을 밟고 휙 지나갔다. 주랑은 깜짝 놀라 제자리에서 펄쩍 뛰었다.

"엄마야!"

자그마한 것이 하얀색 계단 손잡이 위로 폴짝 뛰어올랐다. 새끼 고양이인 줄 알았는데 적갈색 청설모였다. 보수 공사 중인 근처 공원에서 온 모양이었다. 풍성한 꼬리를 곧추세운 청설모가 주랑과 눈을 맞췄다.

"배고프니?"

주랑은 후다닥 집으로 뛰어 들어가 해바라기씨를 가지고 나왔다. 청설모는 마치 기다렸다는 듯 그 자리에 있었다. 주랑은 조금 거리를 두고 계단에 해바라기씨 다섯 개를 올렸다. 청설모가 경계하며 다가왔다. 그러더니 해바라기씨를 입에 가득 넣고는 오물거렸다. 주랑이 몇 개 더 내려놓자 청설모가 다시 집어 먹었다.

"꼬마야, 식성이 좋구나. 나도 먹는 거 좋아하는데."

그때 누군가 주랑을 향해 버럭 소리쳤다.

"너!"

뽀글뽀글 파마머리를 한 앞집 최씨 아저씨였다. 맞은편 주황색 지붕 집에 사는 최씨 아저씨가 긴 빗자루를 청설모에게 휘둘렀다.

"너 때문에 동네에 길고양이가 늘어났어. 이 동네는

나같이 깔끔한 사람 덕분에 늘 청결히 유지되었다고.”

주랑은 최씨 아저씨의 빗자루 용도를 잘 알고 있었다. 아저씨는 동네를 청소하는 것처럼 늘 빗자루를 들고 다녔지만, 사실 자기 집 앞의 쓰레기를 양쪽 옆집에 밀어내는 용도로 사용했다.

“고양이 아니에요. 그리고 고양이는 동네를 더럽히지 않아요.”

“너, 길고양이한테 밥 주지? 내 눈에 띄면 아주 혼날 줄 알아.”

최씨 아저씨가 돌아간 후 주랑은 청설모를 다시 불러 보았다.

“꼬마야!”

어디로 도망갔는지 청설모가 보이지 않았다. 주랑은 낮은 울타리 앞에 우뚝 선 아까시나무를 올려다보았다. 흔들리는 나뭇잎 사이로 얼핏 청설모의 풍성한 꼬리를 본 듯도 싶었다.

2층에 있는 주랑의 방은 빨간색 꽃무늬 벽지에 침대 위로 커튼 같은 하얀색 캐노피가 걸쳐 있다. 매일 보면 질리지만 처음 보는 사람 눈에는 강렬하고 화려해 보인다.

언젠가 은지가 놀러 와서 공주님 방이라며 부럽다고
한 적이 있다. 주랑은 매번 젖히고 일어나야 하는 캐노
피가 거추장스럽기만 했다.

침대에 드러눕자 벨 소리가 울렸다. 은지가 보낸 문자
메시지였다.

 은지
너 윤건우랑 짝꿍 되고 부쩍 친해진 것
같더라. 윤건우 지난 단원 평가 때 준
영이랑 다퉜잖아. 진짜 비겁한 애야.

주랑
그게 왜 건우 잘못이야.
준영이가 커닝하다가 걸린 것 같던데.

 은지
준영이가 아니라던데.
윤건우 혼자 오해하고 난리 피운 거래.

주랑은 매번 반복되는 대화가 답답했다. 요즘 은지와
는 문자 메시지로 나누는 대화가 전부였다.

별안간 창밖이 번쩍거렸다. 주랑은 벌떡 일어나 창문으로 다가갔다. 주랑이 집과 맞닿은 옆집에서 새어 나오는 빛이었다. 초록 지붕 아래 네모난 창문 너머로 사람이 보였다. 주랑의 또래로 보이는 남자아이였다.

'한참 비어 있었는데 누가 이사 왔나 보네?'

아무래도 훔쳐보는 것 같아 주랑은 커튼을 치려고 손을 뻗었다. 그때 남자아이의 손바닥 위에서 사과 세 개가 빙글빙글 돌았다. 사과는 점점 올라가 머리 위로 솟구쳤다. 주랑은 눈을 비비고 창문에 얼굴을 갖다 댔다.

그때 맞은편 남자아이가 주랑을 획 쳐다보았다. 주랑이 깜짝 놀라 뒷걸음질 쳤다. 허공을 빙글빙글 돌던 사과가 바닥에 후드득 떨어졌다. 주랑은 급히 커튼을 치고 재빨리 방의 불을 껐다. 가슴이 두방망이질 쳤다.

아침 공기가 선선했다. 현관 앞에서 주랑은 아침 햇살에 더 선명해 보이는 붉은 지붕을 올려다보았다. 옆집 초록 지붕과 비교되어 유난히 서늘한 기운이 뿜어져 나오는 것 같았다. 주랑은 외투의 지퍼를 목까지 올렸다.

'내가 잘못 본 걸 수도 있지. 투명한 막대기 끝에 사과

를 꽂아 돌렸다거나.'

주랑은 시간을 확인하고는 서둘러 걸었다.

"어이, 옆집!"

주랑이 뒤를 돌아보았다. 밝은 갈색 머리에 하얀 얼굴의 남자아이가 주랑을 바라보았다. 남자아이가 뛰어와 나란히 걸으며 말을 붙였다.

"왜 모른 척하고 그래? 어제 내 방 훔쳐봤잖아."

주랑이 우뚝 섰다.

"아, 그건 일부러 본 게 아니고……."

"그러니까 내가 잘생겨서 훔쳐본 거잖아."

"아니거든. 그 집은 오랫동안 빈집이었고 그리고 네 손 위에서 사과가."

그때 누군가 뒤에서 남자아이를 불렀다.

"강비야, 너 혼자 가면 어떡하니?"

날씬한 아줌마가 남자아이를 쫓아 뛰어왔다. 키가 크고 남자아이와 닮은 아줌마였다. 주랑은 이때다 싶어 얼른 뛰었다.

수업 시작종이 울렸다. 선생님이 바짓단의 먼지를 홀

홀 털며 교탁 앞에 섰다. 그 뒤를 따라 한 아이가 교실로 들어왔다. 주랑이 눈을 휘둥그레 떴다. 분명 주랑과 아침에 마주친 남자아이였다.

'왜 하필.'

선생님이 남자아이의 어깨에 손을 올리며 말했다.

"오늘 우리 반에 새로 온 친구가 있어. 친구들에게 인사할래?"

"나는 도강비라고 해. 만나서 반갑고 잘 부탁해."

선생님이 건우 뒤 빈자리를 가리켰다. 주랑은 강비와 눈을 마주치지 않으려고 고개를 푹 숙였다. 강비는 자리에 앉아 가방에서 필요한 것을 꺼냈다. 그때 강비가 주랑의 등을 톡톡 두드리며 나지막하게 말했다.

"옆집! 나 연필 좀 빌려줘."

주랑이 낮게 한숨을 내쉬었다. 튀지 않고 조용히 지내고 싶은 작은 바람이 마구 흔들리고 있었다.

주랑은 방과 후 재활용 쓰레기를 들고 쓰레기장으로 향했다. 건물 모퉁이를 돌아설 때 날카로운 목소리가 들렸다.

"윤건우! 겨우 오천 원도 못 빌려줘?"

쓰레기장에는 윤건우와 조준영, 차민기가 있었다. 민기가 건우의 주머니에 손을 쩔러 넣었다.

"에게, 겨우 이천 원?"

주랑이 모퉁이에 서서 머뭇거렸다. 모른 척 피하고 싶은 마음과 앞에 나서서 도와주고 싶은 마음이 엉켜 갈팡질팡하였다. 자신도 모르게 손톱만 물어뜯고 있을 때 누군가 뒤에서 말을 걸었다.

"어제 나 왜 훔쳐본 거야?"

주랑은 깜짝 놀라 뒤돌아보았다. 강비가 장난기 가득한 얼굴로 주랑을 쳐다보았다.

"또 그 얘기야? 아니라고 했잖아."

그때 쓰레기장에서 준영이 버럭 화내는 소리가 들렸다. 주랑과 강비는 동시에 모퉁이를 돌아 쓰레기장을 바라보았다. 건우가 바닥에 쓰러져 있었다.

"너 때문에 아빠한테 얼마나 맞은 줄 알아?"

"그래서 내가 커닝한 거로 끝난 얘기잖아. 다들 널 믿잖아."

"우리 아빠는 날 안 믿는다고!"

준영이 주저앉은 건우를 향해 주먹을 들었다. 강비가 느닷없이 주랑의 손에 들린 쓰레기를 휙 빼앗아 세 아이에게 뛰어갔다.

"아직도 여기에 있었어? 건우야, 빨리 정리하고 집에 가자."

준영이 주먹을 내리며 주춤거렸다.

"건우네 학원에서 우리 엄마랑 만나기로 했거든. 너, 전 과목 만점이라며?"

건우가 의아한 표정을 지었다.

"같이 가도 되지? 아직 이 동네 길을 몰라서."

건우는 강비 손에 이끌려 주랑에게 걸어왔다. 준영과 민기가 못마땅한 표정으로 둘을 노려보았다.

교실에 도착한 세 사람은 서둘러 가방을 메고 교실을 벗어났다. 주랑은 떨어져 걸으려 했지만, 가는 길이 같아서인지 좀처럼 거리가 멀어지지 않았다.

앞서 걷던 강비가 갑자기 멈춰 섰다.

"원래 불의를 보면 참는 성격이야?"

주랑이 발끈했다.

"뭘 안다고 내 성격을 운운하는 건데?"

"생각한 거랑 조금 달라서."

강비가 날카로운 눈으로 주랑을 쳐다보더니 피식 웃었다.

"어젯밤에 날 훔쳐보던 애는 꽤 대담하던데. 헤헤."

"아니라니까!"

주랑이 식식거렸다. 주랑을 약 올리던 강비가 건우를 바라보았다.

"조준영이랑 차민기가 너 괴롭히는 거 부모님께 말씀 안 드렸어?"

"걱정하실 거야. 엄마가 입원해서 아빠가 병간호 중이시거든."

건우는 강비를 바라보았다. 강비도 다른 아이들이 그랬듯 곧 자신을 무시할 거라고 생각하니 씁쓸했다.

빙글빙글 도는 계단

최씨 아저씨가 아까시나무를 향해 빗자루를 휘둘렀다. 그 모습을 먼발치에서 본 주랑은 코리가 걱정돼 부랴부랴 뛰어갔다. 코리는 주랑이 지은 청설모의 이름이다. 아까시나무 근처에 다다르자 코리가 주랑의 품에 폴짝 뛰어들었다. 최씨 아저씨가 눈을 홉뜨고 주랑에게 성큼성큼 다가왔다.

"너! 내가 길거리 짐승에게 밥 주지 말라고 했지?"

그때 누군가 큰 소리로 말했다.

"아저씨, 안녕하세요?"

강비의 우렁찬 목소리가 골목에 울렸다.

"아이고, 귀 따가워. 누구야, 넌!"

"바로 옆 초록 지붕 집에 이사 온 도강비예요."

최씨 아저씨가 강비를 위아래로 훑어보았다.

"머리는 그게 뭐냐, 겉멋만 잔뜩 들어서는. 쯧쯧."

강비가 머리를 만지작거렸다.

"머리 색깔이요? 원래 밝은 갈색이에요."

강비가 최씨 아저씨를 바라보았다.

"아저씨, 뽀글뽀글 파마는 왜 한 거예요? 꼭 브로콜리 같아요. 헤헤. 안 그러냐, 우주랑?"

"푸하하!"

주랑은 자기도 모르게 소리 내 웃어 버렸다.

"이 녀석, 버르장머리 좀 보게. 나 원래 곱슬머리야!"

최씨 아저씨의 얼굴이 붉으락푸르락했다.

"그러니까요. 타고난 건 어쩔 수 없는 거잖아요."

그때 초록 지붕 집의 현관이 열렸다. 강비 엄마가 최씨 아저씨를 보며 방긋 웃었다.

"어머나, 또 동네 청소 중이신가 봐요. 정말 봉사 정신이 투철하신 것 같아요."

"제가 좀 그렇습니다. 하하."

최씨 아저씨는 머리를 긁적이며 집으로 돌아갔다. 주랑은 강비 엄마를 바라보았다. 차분한 목소리에 단정한 머리를 한 강비 엄마는 근사하게 보였다. 강비 엄마가 주랑의 품에 안긴 코리를 바라보았다.

"청설모가 너를 잘 따르는 모양이구나? 이름이 주랑이 맞지? 주랑아, 우리 집에 놀러 올래?"

주랑이 머뭇거리자 강비 엄마가 주랑의 팔을 잡아당겼다. 주랑은 아빠에게 문자 메시지를 보내고 강비네 집으로 따라 들어갔다. 강비네 집은 주랑이네와 같은 구조였지만 실내 장식은 전혀 달랐다. 고풍스러운 한옥에나 있을 법한 살림이 가득했다. 주랑은 코리를 품에 안은 채 주방을 바라보았다. 주방 싱크대도 정갈한 한옥 부엌의 모습과 비슷했다. 연꽃 모양의 샹들리에는 은은하게 빛나며 식탁을 내려다보고 있었다.

주랑이 거실 소파에 앉자 강비 엄마가 사과를 가져와 깎았다.

주랑이 말했다.

"청설모가 왜 우리 동네에 있는지 모르겠어요."

"공원 뒤편 숲속에서 왔겠지. 공사 중인 공원이 시끄

럽잖니."

강비 엄마가 포크로 사과를 찍어서 주랑에게 내밀었
다. 그새 커다란 접시에 사과가 산처럼 쌓여 있었다.

"고맙습니다."

주랑의 품에 있던 코리가 여기저기 기웃거리며 돌아
다녔다. 강비는 벌떡 일어나 2층으로 뛰어올랐다.

"천천히 올라와. 방 좀 치울 테니까."

잠시 후 주랑은 강비를 따라 2층 계단을 올랐다. 주랑
이네 집처럼 반쯤 휘어진 나선형 계단이었다. 몇 계단
오르다 보니 벽에 붙은 그림이 보였다. 민속촌에서 본
너른 한옥에서 한복 입은 사람들이 모여 잔치를 벌이는
모습이었다. 가까이 서 있는 남자들은 씨름을 하고 있
었다. 마치 눈앞에서 하는 것처럼 생생하게 보였다.

"왔다, 왔어."

난데없이 그림에서 숙덕거리는 소리가 들리는 것 같
았다. 주랑은 그림에 가까이 얼굴을 갖다 댔다. 어쩐지
남자가 주랑을 쳐다보는 것 같아 눈을 뗄 수가 없었다.
으스스한 기분이 들어 주랑은 얼른 2층으로 걸음을 옮
겼다. 누군가 뒤에서 억세게 잡아당기는 것처럼 어지러

웠다. 아무리 애를 써도 2층에 다다를 수가 없었다. 계단이 빙글빙글 돌았다. 주랑은 끊임없이 계단을 오르고 또 올랐다. 그림 속의 기와집과 사람들이 뒤엉켜 물감 번지듯 섞여 보였다.

"안 올라오고 뭐 하는 거야?"

강비가 주랑의 손을 홱 끌어당겼다. 가까스로 2층에 올라온 주랑은 숨을 헐떡거렸다. 주랑이 계단을 내려다보며 말했다.

"이상해. 계단이 빙글빙글 돌아."

"네가 안 올라오고 서 있어서 내가 잡아당긴 거야."

강비는 대수롭지 않은 듯 방으로 들어갔다. 주랑은 눈앞이 어질어질했지만 다리에 힘을 주어 강비를 따라 들어갔다.

강비 방에는 꼭 필요한 살림만 있었다. 또래 남자아이들이 좋아하는 물건이 하나도 보이지 않는 게 색달랐다. 강비 방 창문에서 주랑의 방 창문이 보였다. 커튼이 쳐져 있어 안이 보이지는 않았다.

방을 구경하고 잠시 이야기를 나누고 있을 때 1층에서 강비 엄마가 주랑을 불렀다.

"주랑아, 너희 아빠 오셨어."

강비 방에서 나온 주랑은 계단을 내려다보며 쭈뼛거렸다. 강비가 주랑의 손을 잡고 계단을 성큼성큼 걸어 내려갔다. 주랑은 벽에 붙어 있는 그림을 흘깃 쳐다보았지만 전처럼 오싹하거나 신비한 느낌은 들지 않았다.

가로등에 불이 하나씩 켜지고 실바람이 불었다.

"아빠, 강비네 집 계단을 올라가는데 어지러워서 혼났어요."

"어지러웠다고? 영양제를 먹어야 하나?"

아까시나무 가지가 부딪치며 떨어진 나뭇잎이 바람에 나부꼈다.

"바람이 시원하구나."

주랑은 아빠와 다르게 온몸에 소름이 돋았다. 주위를 두리번거렸다. 보이지는 않지만 날 선 기운이 느껴졌다. 주랑은 계단을 후다닥 뛰어올라 붉은 현관문을 열었다. 집으로 들어가니 그세야 마음이 놓였다.

아빠가 식탁 가득 음식을 차려 놓아서 주랑은 바로 저녁밥을 먹었다. 아빠는 항상 음식을 넉넉하게 만들었다.

"밥하는 거 힘들지 않아요?"

"전혀. 네가 잘 먹는 게 내 낙이잖아."

아빠가 주랑의 밥숟가락에 굴비 살을 올렸다. 주랑은 아빠의 손으로 시선을 옮겼다. 약지에 한결같이 투박한 금반지가 끼여 있었다.

"엄마는 어떻게 만났어요?"

아빠는 턱을 괴고 앉아 깊은 생각에 잠겼다.

"혼자 등산하다가 길을 잃었어. 해도 지고 한 치 앞도 보이지 않더라고. 게다가 시퍼런 도깨비불이 나무 사이에서 오락가락하는 거야. 어찌나 무섭던지."

"에이, 도깨비불 같은 게 어디 있어요?"

주랑의 대꾸에 아빠가 피식 웃었다.

"그때 네 엄마가 구세주처럼 나타났어. 엄마 손을 잡은 덕분에 무사히 산 입구까지 내려갈 수 있었지. 첫눈에 반했다고나 할까?"

아빠의 얼굴에 그리움이 스쳐 지나갔다.

성난 고양이처럼 곤두서는 머리털

수업이 끝난 후, 화장실에 다녀온 주랑은 선뜻 교실 문을 열지 못하고 망설였다. 준영과 민기의 화난 목소리가 밖에서도 들렸다. 건우가 당하는 모습이 눈에 선했다. 주랑이 슬그머니 문을 한 뼘 열고 안을 보니, 준영이 집게손가락으로 건우의 머리를 툭툭 치고 있었다. 건우의 몸이 점점 뒤로 밀렸다. 주랑이 문을 벌컥 열고 소리쳤다.

"선생님 오신나!"

준영과 민기가 급히 교실 밖으로 뛰어나갔다. 건우가 주랑을 바라보았다.

"선생님 오셔?"

"아니. 그런데 선생님께 말하지 그래?"

"선생님이 조준영 모범생이라고 맨날 칭찬하는데? 작년에 같은 반 친구도 선생님한테 말했다가 결국 전학 갔잖아. 요즘엔 아무도 없는 곳에서만 괴롭혀."

"그래도 조준영이랑 차민기가 너 괴롭히는 거 반 아이들이 다 알아."

"다 똑같아. 알면서도 모르는 척하고, 그럴 만하니까 내가 따돌림당한다고 하잖아. 요즘은 정말 내가 그런 애일 수도 있다는 생각이 들어."

건우는 모든 과목에서 늘 백 점을 맞고, 아무에게도 피해를 주지 않는 조용한 아이이다. 항상 손에서 책을 놓지 않고, 가끔 모르는 것을 물어보면 머뭇거리지 않고 친절하게 대답해 주었다. 주랑은 그런 똑똑한 건우를 닮고 싶다는 생각도 간혹 했다.

주랑이 가까스로 입을 뗐다.

"따돌림당할 만한 애가 어디 있어. 그런 행동을 하는 애들이 나쁜 거야."

건우가 주랑을 바라보며 엷게 웃었다.

"고마워."

주랑은 건우를 뒤따라 나갔다. 운동장 놀이터에 준영과 민기가 앉아 있었다. 준영이 현관 밖으로 나가는 주랑과 건우를 보고는 곧장 불러 세웠다.

"둘이 사귀냐? 교실에 선생님 들어오신 거 맞아?"

주랑은 듣지 못한 척 휙 돌아섰다.

"야, 내 말 안 들려? 이리 안 와?"

앞서 걷던 주랑은 건우가 따라오지 않자 뒤돌아보았다. 건우가 머뭇거렸다.

"그냥 가자, 건우야."

민기가 뛰어와 주랑과 건우 앞을 막아섰다. 방과 후 수업까지 끝난 학교는 한산했다. 건우는 쭈뼛거리며 놀이터로 발걸음을 돌렸다. 주랑이 건우의 옷소매를 꼭 붙잡았다.

"가지 마, 건우야."

그때 주랑의 눈에서 불똥이 번쩍 튀었다. 민기가 주랑의 손을 세게 내려친 것이다. 건우가 깜짝 놀라 말했다.

"할 말이 있으면 나한테 해. 이렇게까지 할 필요는 없잖아."

민기가 콧방귀를 뀌었다.

"우주랑 앞에서 멋있어 보이고 싶은가 보네?"

건우가 고개를 푹 숙이고 준영에게 다가갔다. 민기는 주랑을 지나쳐 건우에게 걸어갔다. 손이 얼얼해진 주랑은 얼굴을 찌푸리고 건우와 민기의 뒷모습을 바라보았다. 민기가 뒤돌아 주랑을 바라보다 한발 다가와 팔을 번쩍 치켜들었다.

"비켜, 우주랑! 여자라고 안 봐줘."

주랑은 누구에게 맞아 본 경험이 처음이었다. 그저 멍하고 아무 생각도 들지 않았다. 가슴 밑바닥에서 무언가 끓어오르는 느낌이 들었다. 그것은 가슴 위로 점점 올라오며 머리끝으로 뻗어 갔다. 머리털이 성난 고양이 털처럼 곤두선 느낌이었다.

주랑은 자세를 살짝 낮추고, 민기의 팔을 잽싸게 어깨 위로 잡아끌어 몸을 홱 돌렸다. 그러자 민기의 몸이 공중으로 붕 뜨며 한 바퀴를 돌고는 바닥으로 내동댕이쳐졌다.

민기가 내지르는 비명에 마주 선 준영과 건우가 주랑을 바라보았다. 두 아이가 본 것은 주랑 앞에 대자로 누

운 민기였다. 준영과 건우가 숨을 헐떡대며 뛰어왔다.
민기가 누워 있는 상태로 버럭 소리쳤다.

"우주랑! 너 거기 가만있어!"

민기가 바닥을 짚고 벌떡 일어섰다. 그때 경비 아저씨
가 소리쳤다.

"너희, 수업 다 끝났는데 안 가고 뭐 해?"

준영이 민기의 팔을 잡아끌었다.

"그냥 가자. 아빠 귀에 들어가면 큰일 나."

준영과 민기가 건우와 주랑을 노려보며 자리를 떴다.
주랑은 두 아이가 모퉁이를 돌아 사라지는 걸 지켜보았
다. 주랑은 자기 몸을 감쌌다. 온몸의 세포 하나하나가
펄떡펄떡 뛰는 것 같았다. 또다시 경비 아저씨가 소리
쳤다.

"너희도 빨리 가!"

그제야 주랑은 퍼뜩 정신을 차렸다. 건우가 걱정스러
운 얼굴로 말했다.

"괜찮아? 네가 민기 밀었어?"

"모르겠어. 화가 많이 났는데, 정신 차리고 보니 민기
가 내 앞에 쓰러져 있었어."

건우가 고개를 갸웃거렸다.

"민기가 혹시 널 때리려다가 제 발에 걸려 넘어진 건가?"

코리가 아까시나무 사이로 휘리릭 사라졌다. 주랑은 주머니에서 땅콩을 꺼내 계단에 한 움큼 올려놓았다. 그러고는 강비 방 창문을 올려다보았다. 뒤뜰로 가는 좁은 길 사이로 주랑이 방 창문과 강비 방 창문이 마주 보고 있었다.

방에 들어간 주랑은 커튼을 젖히고 강비 방 창문을 바라보았다. 불이 꺼져 있었다. 그때 벨 소리가 울렸다. 조금 늦는다고 먼저 밥 차려 먹으라는 아빠의 문자 메시지였다. 주랑은 아빠에게 긴 답장을 남겼다. 조금 전 학교에서 겪은 일을 말하며 정신 차리고 보니 민기가 자기 앞에 누워 있더라는 글을 덧붙여 보냈다.

주랑

나 언제 유도나 합기도 같은 거 배운 적 있어요? 업어 치기는 아무나 할 수 있는 건가?

33

아빠는 주랑의 문자 메시지를 읽고 대답이 없었다. 그
새 주랑은 라면 두 개를 끓여 눈 깜짝할 사이에 다 먹어
치웠다. 갑자기 현관문이 벌컥 열리며 아빠가 들어왔다.

"벌써 왔어요? 늦는다며."

"너 배고플 것 같아서 약속 취소하고 들어왔어."

아빠는 손에 쥔 비닐봉지에서 사발 두 개를 꺼냈다.
뚜껑을 열자 검붉은 팥죽에서 하얀 김이 폴폴 올라왔다.

"방금 라면 먹었어요. 그리고 나 팥죽 싫어하잖아요."

"그러지 말고 같이 먹자. 아빠가 너랑 같이 팥죽 먹는
거 좋아하잖아."

"왜 걸핏하면 팥죽이에요. 팥죽이 그렇게 좋아요?"

아빠는 주랑의 손에 숟가락을 쥐여 주었다. 주랑은 내
키지 않았지만, 아빠가 큰 즐거움이라고 하는 탓에 거
부하지 못했다.

"그런데 아까 그게 무슨 말이야? 남자아이를 업어 치
기 했다고? 누가 봤어?"

"아무도 못 봤어요. 나도 믿기지 않던걸."

아빠가 단호하게 말했다.

"남기지 말고 다 먹어야 해."

교실 문을 열자 아이들이 동시에 주랑을 바라보았다. 아이들은 마주 보고 쑥덕거리기도 하고 귓속말하며 웃기도 했다. 은지는 주랑의 눈을 슬쩍 피했다.

주랑은 책상을 보고 까무러칠 뻔했다. 책상 위에는 진한 검은색으로 '윤건우와 우주랑은 사귄대요.'라고 쓰여 있었다. 주랑이 준영과 민기를 노려보았다. 두 아이는 입꼬리를 올리며 주랑을 비웃었다.

바로 뒤따라 들어온 건우는 바닥에 가방을 내려놓고 옷소매로 책상을 북북 문질렀다. 주랑은 물티슈를 꺼내려고 사물함으로 갔다. 사물함을 열자 하얀 가루가 펄펄 날렸다. 밀가루였다. 준영과 민기가 깔깔 웃자 아이들이 따라 웃었다. 주랑은 아무렇지 않은 얼굴로 물티슈를 꺼내 책상을 닦았다.

선생님이 교실로 들어오자 아이들의 웃음소리가 멎었다. 주랑은 너덜너덜해진 건우의 옷소매를 바라보았다. 선생님이 말했다.

"도강비는 할아버지가 돌아가셔서 이번 주는 결석이란다."

책상 위 똥 더미

눈꺼풀이 무겁게 내리덮여 주랑은 눈에 힘을 주었다. 열린 창문 사이로 산들바람이 솔솔 불었다. 다시 눈꺼풀이 천천히 내려앉았다. 창문을 등진 엄마 얼굴이 어슴푸레했다. 엄마 손에는 『혹부리 영감』 동화책이 들려 있었다. 엄마 무릎을 베고 누운 주랑이 자그마한 손을 뻗었다.

"엄마, 욕심 많은 혹부리 할아버지는 어떻게 됐어?"

"혹을 노래 주머니라고 계속 우기는 바람에 혹이 하나 더 붙었지. 도깨비는 이미 다 눈치챘는데 말이야. 그래서 생긴 속담이 혹 떼러 갔다가 혹 붙였다는 말이야."

"혹부리 영감은 도깨비가 밉겠네."

엄마는 대답 대신 웃음을 보이며 주랑의 귀에 대고 낮게 중얼거렸다.

"이건 도깨비 주문이야. 찬누리찬누리치리! 방망이야, 나와라!"

주랑은 귓가가 간지러워 까르르 웃었다. 어디선가 팥
죽 냄새가 났다.

"아빠가 또 팥죽 만드나 봐. 엄마는 왜 안 먹어?"

"엄마는 팥을 먹으면 힘이 빠지거든. 그래도 너는 먹
어야 해."

주랑이 눈을 번쩍 떴다. 아침 햇살이 침대 발치에 머
물러 있었다. 오랜만에 엄마 꿈을 꾸었다. 엄마에 대한
유일한 기억이었다. 햇빛을 등진 엄마 얼굴이 항상 잘
보이지 않아 답답했다.

찜통 안에서 팥죽이 펄펄 끓었다. 아빠는 무슨 바람이
불었는지 끼니마다 팥죽을 식탁에 올렸다.

"왜 싫어하는 음식을 매일 먹어야 하는지를 모르겠
어요."

주랑은 김이 폴폴 나는 팥죽을 바라보다 숟가락을 들
어 팥죽을 몇 번 떠먹었다.

"그만 먹을래요. 토할 것 같아."

학교로 향하는 발걸음이 무거웠다. 여자아이들조차

주랑을 보고도 보지 못한 체하며 고개를 돌렸다. 주랑은 땅속으로 가라앉는 기분이 들었다. 내내 이런 기분을 느꼈을 건우에게 새삼 미안하다는 생각이 들었다. 건우를 대하기가 더욱더 서먹해졌다.

건우도 마찬가지였다. 주랑이 덩달아 따돌림을 당하자 자기 탓 같아 섣불리 말을 걸지 못했다.

은지는 학교에서 알은척하지 않았지만, 저녁에 문자 메시지는 종종 보냈다. 알은척하지 못해도 이해하라는 내용이었다. 자기 경고를 듣지 않아서 생긴 어쩔 수 없는 결과라고 했다. 맞는 말 같기도 하고 아닌 것도 같고 뭐가 정답인지 알 수 없었다. 주랑은 아이들의 차가운 시선에 등이 얼어붙는 것 같았다.

준영이 큰 소리로 말했다.

"이상한 애들끼리 사귀면 어떤 기분일까? 킥킥."

아이들이 따라 웃었다. 선생님이 들어오는 바람에 비웃음은 오래가지 않았다. 주랑은 맞설 용기가 없는 자신이 한심하기만 했다. 하지만 바로 고개를 내저었다.

'아니야, 내 잘못이 아니야. 고개 숙이지 않을 거야.'

주랑은 문득 민기를 업어 치기 했던 순간을 떠올렸다.

그날 이후로 아빠는 몸에 좋다는 팥죽을 매일 먹였다. 그렇지만 몸이 축축 처지고 오히려 기운이 더 없었다. 그래도 고개를 꼿꼿이 들고 수업에 집중했다. 머리가 어질어질하고 속이 울렁거렸다. 결국 헐레벌떡 화장실로 뛰어가 아침에 먹은 팥죽을 다 게워 내고야 말았다. 속이 시원해지니 그제야 머리가 맑아지고 정신이 들었다.

종례를 마친 선생님은 급한 볼일이 있는지 서둘러 나갔다. 아이들은 주섬주섬 가방을 챙겨 일어나거나 자리를 정리했다. 주랑은 교탁 앞으로 나가 칠판을 지웠다.

준영이 건우에게 말했다.

"윤건우, 청소 끝나고 남아. 나한테 줄 거 있지 않냐?"

"난 너한테 줄 거 없어. 오히려 그 반대잖아. 이제껏 빌려 간 돈이 이만 원이 훨씬 넘어."

민기가 건우 앞으로 다가갔다.

"증거 있어? 언제 몇 시, 몇 분, 몇 초에 빌려 갔는데? 빨리 말해."

건우가 한숨을 내쉬었다. 민기가 아이들을 둘러보며 말했다.

"거짓말쟁이. 입만 열면 거짓말!"

주랑은 준영과 민기를 애써 무시하며 화이트보드의 글씨를 북북 지웠다. 준영이 쿵쿵거리며 건우에게 다가가자 왁자지껄 떠들던 아이들이 조용해졌다.

준영은 책상 위에 있던 주랑의 가방을 밀어 바닥으로 떨어뜨리더니 발로 퍽퍽 밟았다. 건우가 주랑의 가방을 주우려 허리 숙이자 준영이 건우 등을 걷어찼다. 그 순간 주랑은 민기를 업어 치기 했던 그날처럼 정신이 아득해졌다. 머리털이 쭈뼛 곤두섰다. 주랑은 손에 든 칠판지우개를 준영에게 힘껏 던졌다. 지우개는 다른 아이들을 교묘히 피해 준영에게 쏜살같이 날아갔다.

준영의 머리를 맞힌 지우개가 바닥에 툭 떨어졌다. 준영은 두 손으로 머리를 감싸며 신음을 내뱉었다. 주변에 있던 아이들이 약속이라도 한 듯 뒤로 물러섰다.

민기가 준영에게 다가가 준영의 머리에 손을 얹었다.

"안 아파? 괜찮아?"

"손 치워!"

준영은 민기의 손을 뿌리쳤다. 화가 잔뜩 난 준영이 지우개를 집어 들어 주랑을 향해 던졌다. 지우개는 주랑 앞쪽의 교탁을 맞히고 맥없이 바닥에 떨어졌다.

주랑이 소리쳤다.

"조준영! 지우개 당장 주워!"

"네가 뭔데!"

아이들이 눈을 동그랗게 뜨고 주랑을 바라보았다. 주랑이 주먹을 꽉 쥐고 성큼성큼 준영에게 다가갔다. 주랑의 몸에 보일 듯 말 듯 푸르스레한 기운이 감돌았다.

준영은 저도 모르게 뒷걸음질 치며 중얼거렸다.

"쟤 진짜 어떻게 된 거 아니야?"

바로 그때 앞문이 벌컥 열리며 강비가 헐레벌떡 들어왔다. 손에는 붉은색 망토가 들려 있었다. 강비는 주랑을 보자마자 어깨에 붉은 망토를 휘리릭 둘렀다. 비릿한 냄새가 주랑의 코끝을 스쳤다. 주랑은 기우뚱하며 강비에게 쓰러지듯 몸을 기댔다.

"너희 아빠가 너 감기 걸렸다고 이거 가지고 나오시더라고. 내가 가져다준다고 했어. 오한이 심하다며?"

주랑은 갑자기 기운이 쏙 빠지는 느낌에 의자에 털썩 주저앉았다. 은지가 다가왔다.

"몸이 안 좋아? 오늘 쉬지 그랬어."

다른 아이들도 주랑에게 다가와 괜찮으냐고 물었다.

강비가 건우에게 말했다.

"건우야, 주랑이 가방 좀 챙겨 줄래?"

세 아이는 얼이 빠져 멍하게 쳐다보는 아이들을 뒤로 하고 교실을 벗어났다. 준영이 주먹을 꼭 쥐고 이를 뿌드득 갈았다.

영어 학원 수업을 마치고 나오니 주위가 어둑어둑했다. 준영은 새로 전학 온 도강비와 친해지고 싶었다. 같이 어울리면 어쩐지 더 근사하고 강한 무리가 될 것 같았다. 남자아이 대부분이 준영에게 잘 보이려 하는데 도강비는 관심 없어 보였다. 오히려 그 반대였다. 준영이 싫어할 만한 행동을 연거푸 했다. 건우와 같이 다니려고 하는 모습이 가장 거슬렸다. 더군다나 같은 반인지도 모를 정도로 존재감 없던 우주랑까지 자꾸만 눈에 밟혔다. 그때 엄마에게서 문자 메시지가 왔다.

 엄마

빨리 와. 아빠가 책상 서랍에서
너 학원 시험지 찾았어.

입에서 험한 말이 나왔다. 준영은 골목길을 빙빙 돌아 집에 갔다. 아파트 창문마다 불빛이 반짝거렸다.

준영이 중얼거렸다.

"다들 뭐가 좋아서 저렇게 집에 가는 거지?"

단원 평가 때 아빠에게 혼날까 봐 무서워서 옆에 있던 건우의 시험지를 커닝했다. 그뿐 아니라 건우를 윽박질러 시험지를 바꿔치기하려 했다. 건우는 선생님께 조르르 달려가 모든 것을 고자질했다. 담임 선생님이 부모님에게 전화하자 준영은 절대 아니라고 울고불고 쓰러지는 시늉까지 했다. 결국 건우의 오해로 일단락됐지만, 아빠는 준영을 믿지 않았다.

그날 준영은 집에 와서 정신이 아득할 정도로 아빠에게 야단맞았다. 생각하니 화가 치밀어 올랐다.

방에 들어온 준영은 방바닥에 가방을 내동댕이쳤다.

"윤건우, 도강비, 우주랑. 다 없어졌으면 좋겠어."

침대에 걸터앉은 준영은 손가락 마디마디를 꺾어 딱딱 소리를 냈다. 모두가 보는 앞에서 지우개로 머리 맞은 순간을 생각하니 분통이 터졌다. 건우 하나만 괴롭힐 때와는 기분이 달랐다. 재미있지 않았다. 준영은 주먹을 꽉 쥐고 침대 매트가 터져라 펑펑 내리쳤다. 문득 창밖으로 시커먼 것이 휙 지나가는 느낌이 들어 창문을 열었다.

'잘못 본 건가?'

다음 날 준영의 머릿속에는 온통 세 아이 생각만 가득했다. 그동안 친구들이 눈치채지 못하도록 조심스럽게 괴롭혔는데, 이젠 누가 보든 말든 상관없었다. 쉬는 시간 종소리가 울리자 준영은 부리나케 화장실에 가는 건우를 뒤따라갔다. 건우가 화장실로 들어가자 준영은 양동이 한가득 물을 담았다. 곧 까치발을 들고 한 화장실 칸으로 물을 쏟아부었다. 그러고는 크게 깔깔 웃었다. 구경하던 아이들은 재미있는 표정으로 화장실 문을 열고 나올 아이를 기다렸다. 천천히 문이 열리며 민기가 물에 빠진 생쥐 꼴로 나왔다.

"조준영! 너 뭐야?"

동시에 바로 옆 칸 문이 열리며 건우가 나왔다. 건우가 고개를 갸웃거리며 둘을 쳐다보았다. 구경하던 아이들도 별일이라며 준영과 민기를 바라보고 소곤거렸다.

"둘이 싸웠나 봐."

민기가 신경질 냈다.

"나한테 왜 그러는 건데?"

"언제부터 그 칸에 있었어?"

"무슨 소리야! 나는 똥도 못 누나?"

준영은 얼빠진 얼굴을 하고 교실로 향했다. 민기가 투덜거리며 쫄래쫄래 따라왔다. 준영이 교실 문을 열자 구린내가 코를 찔렀다.

"이게 무슨 냄새야!"

준영이 맨 뒷자리에 있는 자신의 책상을 보고 눈을 휘둥그레 떴다.

"저게 다 뭐야?"

준영의 책상 위에 똥 더미가 무덤처럼 쌓여 있었다. 준영이 코를 틀어쥐었다. 아이들이 웅성거렸다.

민기가 준영의 어깨를 흔들었다.

"책상 위에 뭐가 있다고 그래?"

"똥이 한가득 있잖아!"

준영이 책상 가까이 다가가 눈을 비볐다. 책상 위에는 아무것도 없었다. 그때 강비가 웃음을 터뜨렸다.

"우하하! 너 왜 그래? 헛것이 보이냐?"

준영이 강비를 바라보았다.

"혹시 똥이 산처럼 쌓였다거나 그런 건 아니지? 으하하!"

아이들이 강비를 따라 웃었다. 건우를 괴롭히려던 준영은 오히려 자기가 당한 느낌에 화가 나 견딜 수 없었다.

셋이 10인분

주랑은 잠자리에 누워 이불을 목까지 끌어당겼다. 열두 살이 된 후로 모든 게 예전 같지 않았다. 정확히 계산하면 3월에 생일이 지나고 도강비가 이사 온 무렵부터 변화가 생긴 것 같았다. 얼마 전 강비가 어깨에 걸쳐 준 붉은 망토에서 나던 냄새가 이불에서도 났다. 쇠 냄새 같기도 하고 비릿한 피 냄새 같기도 했다.

밤새 몸이 뜨거워졌다 식는 느낌이 들었다. 좀처럼 잠을 이룰 수가 없었다. 오한에 몸이 덜덜 떨리다가도 언제 그랬냐는 듯 더위에 숨이 턱턱 막혔다. 가슴속에서 용암이 부글부글 끓는 느낌이었지만, 무언가에 가로막혀 터지지 못하는 화산 같았다.

'뭘까, 이 답답함은.'

잠들 때마다 푸르스름한 빛이 몸을 에워싸는 꿈을 꾸었다. 처음에는 소름이 돋았지만 며칠 반복되니 포근한 이불을 덮은 듯 따스해졌다. 그리고 묘하게 힘이 불끈불끈 솟았다.

아빠는 그런 주랑을 불안한 눈으로 바라보았다.

"아빠, 내 이불 빨았어요? 세제 바꿨어요? 비릿한 냄새가 이제 안 나네?"

"바꿨어. 더는 소용없는 것 같아서."

"그게 무슨 말이에요, 아빠? 수상해요. 혹시 나 무슨 병에 걸린 거예요? 힘 솟는 병이 있을 리는 없지만. 헤헤."

아빠는 배시시 웃는 주랑을 잠시 바라보았다. 주랑은 아빠가 비밀을 계속 감추고 있다는 생각이 들었다. 주랑에게 무슨 일이 일어나고 있는 건 분명한데, 도저히 감을 잡을 수 없었다.

주랑이 가방을 둘러멨다. 아빠가 싸 준 3단 도시락이 있어 묵직했다. 현관문을 나서니 강비가 따라오며 말을 걸었다.

"괜찮아?"

"안 괜찮아. 요즘 잠을 통 못 잤어. 그제는 집에 어떻게 왔는지 기억도 잘 안 나."

"내 품에 기대서 왔어."

주랑이 강비를 흘겨봤다.

"못 믿겠어? 건우가 증인이야. 어찌나 네가 날 끌어안던지 떼어 내느라 힘들었어."

강비가 어깨를 으쓱거렸다.

"내가 아무리 좋아도 그렇지. 그렇게 끌어안으면 어떡하냐. 누가 보면 사귀는 사이인 줄 알겠어."

주랑이 강비의 등을 철썩 때렸다.

"누가 너랑 사귀는 사이야!"

강비가 주랑에게 맞은 등을 쓱쓱 비비며 말했다.

"하여간 내 방 몰래 훔쳐볼 때부터 예사롭지 않았어."

주랑이 성큼성큼 앞서 걸었다. 강비가 재빨리 걸어와 얼굴을 들이밀었다.

"우주랑! 요즘 화가 막 솟구치지 않냐?"

주랑이 눈을 동그랗게 뜨고 강비를 바라보았다.

"어떻게 알았어?"

주랑은 강비가 몹시 의심스러웠다. 분명 강비는 주랑에 대해 뭔가 알고 있을 거라는 생각이 불현듯 스쳐 지나갔다.

강비가 소곤거렸다.

"너, 그거 조심해야 돼."

주랑이 강비에게 바짝 다가갔다.

"그게 뭐라더라, 화병인가? 아무튼 그거랑 비슷해."

주랑이 주먹을 움켜쥐자 강비가 깔깔 웃으며 앞서 뛰었다.

"주랑아! 나는 김밥 5인분 싸 왔어. 너는 얼마나 싸 왔어?"

"내가 돼지야?"

조각구름이 느릿느릿 흘러갔다. 푸른 하늘 아래로 짙은 초록빛이 이어졌다. 구악산 생태 학습원을 구경한 후, 아이들은 삼삼오오 모여 앉았다. 강비는 여자아이들에게 둘러싸여 도시락을 꺼냈다. 강비가 저만치서 머뭇거리던 주랑을 불렀다.

"우주랑! 이리 와."

강비 옆에 앉아 있던 은지도 주랑에게 어서 오라는 손짓을 보냈다. 주랑은 키 큰 자작나무에 홀로 기대앉은 건우를 보았다. 건우는 가방에서 주섬주섬 빵을 꺼냈다. 주랑은 강비와 은지를 바라보다 건우에게 다가갔다. 예전 같았다면 친구들의 반응에 걱정이 앞섰겠지만, 이제는 '될 대로 되라지.' 하는 마음이 앞섰다. 어찌 보면 겁이 꽤 없어진 것 같았다. 이해할 수 없지만 변화무쌍한 하루하루였다.

"건우야, 밥 같이 먹자."

건우는 손에 들고 있던 빵을 살며시 감추었다.

"엄마가 편찮으셔서 도시락을 못 싸 주셨어."

주랑이 가방 안에서 돗자리와 도시락을 꺼냈다.

"내 도시락 보면 깜짝 놀랄걸?"

주랑은 돗자리를 깔고 3단 도시락을 펼쳤다. 위부터 김밥과 유부초밥, 그 아래 샌드위치, 맨 아래 칸에 오렌지, 사과, 키위가 먹음직스럽게 담겨 있었다. 건우가 눈을 휘둥그레 떴다. 주랑이 싱긋 웃었다.

"사람이 이걸 어떻게 혼자 다 먹겠니?"

주랑은 충분히 혼자 먹을 수 있는 양이라고 생각했지만, 그건 비밀이었다. 그때 주랑이 옆으로 강비가 엉덩이를 들이밀었다.

"같이 먹자. 내 것도 엄청 많거든."

강비의 도시락은 4단이었다. 강비 도시락에는 김밥과 잡채가 한가득했다.

"도깨비도 아니고 이걸 누가 다 먹겠니. 나눠 먹자고."

도시락을 합치니 족히 10인분은 돼 보였다. 세 사람은 눈을 맞추고 하하 웃었다. 건우가 두 아이의 김밥을 집어 먹으며 엄지를 치켜세웠다.

준영이 멀찍이서 못마땅한 얼굴로 세 아이를 바라보았다. 준영의 옆에는 민기와 남자아이들이 왁자지껄 떠들고 있었다. 준영이 도시락을 바닥에 내려놓고 벌떡 일어섰다.

"준영아, 어디 가게?"

"따라와."

민기는 얼결에 준영을 따라 일어섰다. 준영은 주랑과 강비, 건우 앞에 섰다. 도시락 위에 그늘이 지자 세 아이가 고개를 들었다. 준영이 한쪽 발끝을 바닥에 연신 쿡 쿡 찍었다. 흙먼지가 폴폴 날렸다.

강비가 말했다.

"뭐 하는 거야? 음식에 흙먼지 들어가잖아."

"양념 좀 뿌려 줄까?"

준영은 손에 움켜쥐고 있던 흙을 도시락 위에 휙 뿌렸다. 주랑과 강비가 자리에서 벌떡 일어섰다. 주랑이 준영에게 다가가 가슴팍을 밀자 준영이 중심을 잃고 뒤로 밀렸다.

"우주랑! 너 한번 봐줬더니 아주 기가 펄펄 살았구나?"

"주랑아, 화내지 말고 내 뒤로 와."

강비가 주랑의 팔을 잡아당겨 건우 옆에 세우고 자신은 건우가 기대고 있던 나무 뒤로 재빨리 몸을 숨겼다. 주랑과 건우는 어리둥절한 얼굴로 나무 뒤를 돌아보았다. 강비를 바라보던 준영이 어이없다는 듯 웃음을 터뜨렸다.

"뭐야, 도망가는 거야?"

민기가 배를 잡고 깔깔 웃더니 주변 아이들을 향해 크게 소리쳤다.

"애들아! 도강비가 준영이 무서워서 도망……. 헉!"

민기의 몸이 갑자기 앞으로 기우뚱했다. 그러더니 뒤통수를 잡고 뒤돌아보며 버럭 소리쳤다.

"누구야!"

민기가 주변에 서 있던 아이들을 보며 소리쳤다.

"내 머리 친 사람 누구냐고!"

민기가 별안간 개구리처럼 폴짝폴짝 뛰었다.

"앗, 따가워!"

준영이 미간을 찌푸리며 민기를 쳐다보았다. 민기를 바라보던 준영이 갑자기 누군가에게 따귀를 맞은 것처럼 볼을 감쌌다. 그러고는 뒷걸음질 치며 계속 허공을 두리번거렸다.

민기는 여전히 그 자리에 서서 따갑다고 소리쳤다. 두 아이가 어찌나 우스꽝스럽게 폴짝거리는지 구경하는 아이들이 배를 잡고 웃었다. 주랑과 건우는 두 아이를 황당한 얼굴로 바라보았다.

건우가 주랑에게 속삭였다.

"등에 송충이라도 들어갔나?"

두 아이는 달구어진 불판에 서 있는 것처럼 펄쩍펄쩍

뛰고 등을 긁었다. 벌이라도 쫓는 것처럼 손을 휘휘 젓고 머리를 탈탈 털기도 했다.

"으악!"

준영이 비명을 내지르며 허둥지둥 뛰어갔다. 민기도 그 뒤를 따라 펄쩍거리며 뛰어갔다. 아이들은 개그 프로를 보는 것처럼 깔깔 웃으며 둘을 따라갔다. 주랑과 건우는 멀어져 가는 아이들을 물끄러미 바라보았다.

두 아이는 강비가 사라진 나무를 한 바퀴 돌아 제자리에 왔다. 그때 갑자기 강비가 모습을 드러냈다.

둘은 뒤로 벌러덩 넘어지며 소리쳤다.

"으악, 귀신이다!"

주랑이 소리쳤다.

"너, 어떻게 귀신처럼 갑자기 뿅 하고 나타난 거야?"

강비는 검은 감투를 들고 있었다.

"앗! 여기서 벗으면 안 되는데 깜박했네."

강비가 도로 감투를 머리에 눌러쓰자 투명 인간처럼 사라졌다. 주랑과 건우는 강비가 서 있던 곳을 멍하니 바라보았다.

건우가 중얼거렸다.

"도깨비한테 홀린 거야?"

그때 허공에서 목소리가 들렸다.

"애들아, 나는 지금 도깨비감투를 쓰고 있어."

주랑과 건우 앞에 다시 강비가 반짝 나타났다. 두 아이가 후다닥 돗자리 밖으로 뛰쳐나갔다. 강비가 손을 펼치자 도깨비감투가 휘리릭 손안에서 사라졌다.

건우가 강비 손을 덥석 잡고는 위아래로 흔들며 이리저리 살펴봤다.

"가, 강비야! 너 귀신이야?"

씨름 한판

건우가 믿을 수 없다는 표정으로 강비를 바라보았다.

"말도 안 돼, 내 친구가 도깨비라니. 마술 같은 거 아니야?"

강비가 얼떨떨한 얼굴로 빤히 쳐다보는 주랑과 건우에게 말했다.

"준영이랑 민기 머리에서 벌 소리가 윙윙 났을 거야. 등에 기어다니는 애벌레 때문에 괴로웠을 거고."

강비의 손바닥에서 커다란 회초리가 나타났다가 방망이로 변했다. 세로줄처럼 길쭉하게 쇠가 박힌 나무 방망이가 손안에서 스르륵 사라졌다.

"내가 이 회초리로 종아리도 슬쩍슬쩍 때려 줬어. 이
건 도깨비방망이야."

주랑이 말했다.

"네가 옆에 있어서 나한테 자꾸 이상한 일이 일어난
거니?"

강비가 숨을 얕게 내쉬었다.

"너도 반은 나랑 같은 도깨비야. 도, 깨, 비!"

건우가 주변을 둘러보며 말했다.

"혹시 지금 몰래카메라니?"

준영과 민기가 숨을 헐떡거리며 멈춰 섰다. 아이들도
더는 쫓아오지 않았다.

준영이 말했다.

"이 산에 도깨비가 있나 봐."

준영과 민기는 산을 둘러보며 치를 떨었다. 민기는 온
몸을 부들부들 떨었다.

"귀신이 우는 소리도 들린 것 같아."

주랑이 앞에 수북하게 담긴 밥 한 그릇과 된장국이 놓

였다. 주랑은 아빠를 힐끔힐끔 쳐다보았다.

"강비가 오늘 먼저 얘기 꺼내겠다고 하더라. 그러니까 도깨비……."

주랑이 고개를 저었다.

"그걸 나보고 믿으라고요?"

주랑은 최근에 일어난 일을 하나씩 떠올려 보았다. 몸도 마음도 예전 같지 않았다. 콕 집어 말할 수는 없지만 무언가 변하고 있었다. 그렇대도 강비 말은 너무 터무니가 없었다. 주랑은 국에 밥을 말아 푹푹 퍼먹었다.

아빠가 한동안 머뭇거리더니 느릿느릿 입을 열었다.

"열두 살이 되면 조금씩 각성할 거라고 했어. 온 집 안을 말 피로 칠하고 팥을 먹여도 더는 도깨비 기운을 숨길 수 없을 거라고 했지. 말 피와 팥은 도깨비의 힘을 억제하거든."

주랑은 아빠의 말을 도통 이해할 수가 없었다. 주랑은 새빨간 물건으로 가득한 집을 떠올렸다. 고개 숙인 아빠가 손으로 이마를 받쳤다.

"그러니까 엄마가 뿔 달린 도깨비라고요?"

"뿔은 안 달렸고, 사람이랑 똑같이 생겼어. 단지 태생

만 도깨비일 뿐이야."

"살아 있어요?"

아빠가 고개를 끄덕였다. 주랑은 이제껏 죽은 줄로만 알았던 엄마가 살아 있다는 말에 기쁜 마음보다 화가 앞섰다.

"어디 살아요?"

"공존하지만, 인간은 갈 수 없는 다른 차원에. 네 엄마는 도깨비 수장의 딸이야. 지난주에 도깨비 수장인 할아버지가 돌아가셔서 이제 그 자리를 물려받았어. 그래서 옆집에 사는 도깨비들이 일주일간 집을 비운 거고. 네가 도깨비 기운이 강해져서 인간 세상이 네게 위험해졌어. 도깨비 수장을 미워하는 요괴가 많거든."

주랑은 머리를 한 대 세게 얻어맞은 것 같았다. 믿기 어려운 이야기였다.

'도깨비가 있다는 것도 믿기지 않는데 내가 도깨비라고? 그리고 내가 위험하다고?'

아빠는 주랑을 바라보며 쓸쓸한 미소를 지었다.

침대에 누운 주랑은 스마트폰으로 도깨비를 검색했

다. 한국 민담에서 전해 오는 도깨비의 특징으로 초자연적인 힘이 있으며 요정과 귀신으로 비유되기도 한다는 자료가 있었다.

인간도 아니고 도깨비도 아닌, 인간이기도 하고 도깨비이기도 한 존재. 그렇다고 갑작스럽게 수긍하기는 어려웠다.

다음 날 아침 주랑은 가방을 둘러메고 현관을 나섰다. 최씨 아저씨가 아까시나무를 사정없이 빗자루로 내려치는 바람에 꽃잎이 바닥에 우수수 떨어졌다.

"쥐인지 다람쥐인지, 우리 집에 들어왔다가 도망간 게 이 나무 위로 올라갔어."

"그게 왜요? 아저씨한테 무슨 피해를 줬는데요?"

"울타리를 도색했는데 저 녀석 발자국으로 더럽혀졌어. 확 잡히기만 해 봐라."

주랑은 화가 치밀어 올랐다.

"발자국 좀 찍히면 어때서 그래요? 공원이 공사 중이라 살 곳이 없어서 여기까지 온 거잖아요?"

최씨 아저씨는 아랑곳하지 않고 씩씩거리며 나무를 털었다. 그때 강비가 문을 열고 나왔다.

"같이 가자, 우주랑!"

강비는 주랑과 최씨 아저씨를 번갈아 보았다. 그때였다. 갑자기 최씨 아저씨가 들고 있던 기다란 빗자루가 손에서 스르륵 빠져나갔다. 그러더니 빗자루가 춤추듯 최씨 아저씨의 종아리를 철썩철썩 내려쳤다.

"으악, 이게 왜 이래! 귀신이다!"

최씨 아저씨가 두 손을 번쩍 들고 우왕좌왕 집으로 뛰어가 울타리 문을 닫았다. 빗자루는 문 앞에 멈춰 서서 울타리를 넘지 못하고 덜컥거렸다. 주랑과 강비는 빗자루에 된통 당하는 최씨 아저씨를 뒤로하고 학교로 향했다.

주랑이 깔깔 웃으며 강비에게 말했다.

"최씨 아저씨 도망가는 거 너무 웃기지 않니? 코리 대신 복수해 줘서 고마워."

강비가 주랑의 얼굴을 빤히 쳐다보았다.

"나 아무 짓도 안 했는데?"

"네가 최씨 아저씨 빗자루로 혼내 준 거 아니야?"

"아니라니까! 난 네가 힘을 자각한 줄 알았는데?"

주랑은 깜짝 놀라 그 자리에 멈춰 섰다.

"화가 나서 빗자루로 아저씨를 때리는 상상만 했을 뿐이야."

강비가 고개를 갸웃했다.

"신기하네. 자기 힘을 자기도 모른단 말이지."

주랑이 우두커니 서서 두 손을 펼쳐 보았다.

"나한테 이런 힘이 있단 말이야? 너처럼 채찍 같은 것도 손바닥에서 꺼낼 수 있어?"

"그건 내 손안에 감춰진 도깨비방망이야. 너도 곧 받을 거야. 어쨌거나 조심해야 해. 이유도 없이 인간을 해치면 도깨비 세계에서도 징벌받아."

주랑이 고개를 끄덕였다. 가슴이 콩콩 뛰었다. 늘 우유부단하고 기죽어 있던 자신이 도깨비라니. 힘이 세고 요술도 부릴 수 있는 도깨비라는 게 믿기지 않았다. 하지만 인간이 아니라는 것 또한 묘하게 마음을 불안하게 했다.

'그래서 그동안 친구들이랑 어울리지 못하고 겉돌았던 건가?'

주랑과 강비가 교실에 들어서자 건우가 활짝 웃으며 두 아이를 맞았다. 아이들은 활짝 웃는 건우를 낯설게 바라보았다. 준영과 민기는 주랑을 보고 혀를 날름 내밀거나 험한 말을 했다. 주랑은 눈을 피하지 않고 두 아이를 노려보았다.

체육 시간이었다. 너른 그늘 아래 아이들이 옹기종기모여 앉았다. 그 옆에는 씨름장이 있었다.

강비가 중얼거렸다.

"우리가 없으면 건우가 힘들겠지?"

주랑이 건우를 바라보았다. 그런 주랑을 바라보며 건우도 다정하게 웃음 지었다.

강비가 손을 번쩍 들어 선생님을 불렀다.

"선생님, 우리 씨름해요!"

아이들이 신나게 맞장구쳤다.

"좋아! 누가 할래?"

"도강비! 도강비!"

강비가 힘차게 말했다.

"제가 추천할게요! 윤건우랑 차민기요!"

아이들이 맥 빠진 목소리로 우우 야유를 질렀다.

건우가 강비의 팔을 흔들었다.

"강비야, 그러지 마. 내가 질 텐데."

민기가 엉덩이를 털며 일어나 삐졌다.

"좋아, 나와."

건우가 머뭇거렸다. 강비가 건우를 잡아 일으켰다.

"윤건우, 내 눈을 봐. 내가 누군지 알지?"

건우가 자신 없는 눈빛으로 강비를 바라보다 고개를
끄덕였다. 선생님이 두 아이의 허리에 샅바를 묶어 주
었다. 아이들은 모두 싱거운 싸움을 예상했다. 그러고는
모두 민기를 응원했다.

주랑과 강비가 건우의 이름을 외쳤다.

"윤건우! 윤건우!"

민기와 건우는 서로의 샅바를 잡아당겼다. 몇 번이나
건우의 다리가 공중에 붕 떴다. 민기는 실실 웃으며 건
우를 약 올리듯 들었다 놨다 하는 행동을 반복했다. 강
비가 건우의 이름을 크게 외치는 찰나 민기가 기우뚱하
며 미끄러지듯 철퍼덕 주저앉았다. 예상치 못한 결과에
응원하던 아이들이 흥분하며 벌떡 일어섰다. 몇몇 아이
는 소리치고 환호성을 질렀다.

"우아, 윤건우가 민기를 이겼어!"

건우는 얼떨떨한 얼굴로 주랑과 강비에게 하이 파이브를 했다.

민기가 말했다.

"이건 무효예요. 다시 해요. 실수로 미끄러졌단 말이에요."

선생님이 민기를 보고 말했다.

"패자는 말이 없는 거란다."

민기가 씩씩거리며 자리로 돌아갔다.

선생님이 아이들을 돌아보며 말했다.

"건우에게 도전할 사람 없냐?"

준영이 벌떡 일어나 건우 앞으로 나갔다.

"민기가 실수한 거 맞아요. 윤건우에게 질 리가 없잖아요."

준영이 날카로운 눈초리로 건우를 쏘아보았다. 준영은 민기가 건넨 샅바를 허리춤에 맸다. 건우가 뒤돌아 주랑과 강비를 바라보았다.

주랑과 강비가 소리쳤다.

"윤건우, 파이팅!"

여전히 주랑과 강비만이 건우를 응원했다. 두 아이의

몸이 뒤엉켰다. 고목에 매미처럼 준영이 건우를 번쩍 치켜들었다. 건우의 다리가 허공에서 버둥거리더니 다시 모래 위에 내려섰다. 금방 끝날 것 같던 경기가 예상외로 길어졌다. 이죽거리던 준영의 얼굴에서 비죽비죽 땀이 흘렀다. 건우는 날쌔게 몸을 뒤로 빼기도 하고, 약 올리듯 폴짝폴짝 뛰기도 했다. 준영은 손을 뻗어 건우의 샅바를 낚아채려 했지만, 생각처럼 쉽지 않았다.

'겨우 윤건우 따위.'

건우가 준영의 팔을 피하다 휘청거리자, 아이들이 우우 야유했다. 그렇게 피하기만 하던 건우가 느닷없이 준영의 샅바를 잡아챘다. 건우는 몸이 가뿐해지는 것을 느꼈다. 준영의 샅바를 들어 올릴 때 아무런 무게가 느껴지지 않았다. 건우는 준영의 샅바를 손아귀에 움켜쥐고 재빨리 몸을 뒤돌려 준영을 바닥에 힘껏 메어쳤다. 준영의 몸이 가볍게 건우의 몸 뒤로 넘어가며 철퍼덕 소리를 냈다.

준영은 무언가에 눌린 듯 한동안 일어서지 못하고 끙끙거렸다. 강비가 흠칫 놀라며 주랑을 바라보았다. 그러고는 주랑의 손목을 꼭 움켜쥐었다.

"주랑아, 그만해!"

주랑이 거친 숨을 몰아쉬며 강비를 바라보았다.

"혹시 내가 그런 거야? 난 상상만 했는데."

강비가 불안한 얼굴로 고개를 좌우로 저었다. 그때 준영이 자리에서 벌떡 일어나 건우에게 달려들었다.

"네, 네까짓 게."

선생님이 뛰어와 준영을 건우에게서 떼어 놓았다. 아이들이 동시에 일어나 건우의 이름을 외쳤다.

"건우 대단하다!"

"건우가 준영이를 메다꽂았어!"

아이들이 건우 주변에 몰려들었다. 그때 어디선가 흙먼지가 일어나며 먼지바람이 불었다. 주랑과 아이들이 눈을 찌푸렸다. 주랑은 바람결에 낮게 속삭이는 목소리를 얼핏 들었다.

"찾았다. 잡종 도깨비."

주랑이 주위를 두리번거렸다. 머리 위에서 초록색 나뭇잎이 물결치듯 넘실거렸다. 나뭇가지가 버석거리며 서로 부딪치더니 먹구름이 몰려왔다.

수업을 마치는 종이 울렸다. 별안간 요란하게 천둥 번

개가 내리쳤다. 장대비가 세차게 쏟아지는 바람에 아이
들은 허겁지겁 교실을 향해 뛰었다.

방망이가 필요해

"건우야, 그 작은 체격에서 어떻게 그런 힘이 나온 거야?"

"봤냐? 건우가 준영이를 번쩍 든 거?"

아이들은 흥분을 감추지 못하고 왁자지껄 떠들었다. 건우는 주위에 몰려든 아이들을 쳐다보며 어정쩡하게 웃었다.

교실 문이 벌컥 열렸다. 준영이 물에 빠진 생쥐 꼴로 어기적어기적 들어왔다. 교실이 찬물을 끼얹은 듯 조용해졌다. 아이들은 제각각 자리로 돌아갔다.

민기가 말했다.

"준영아, 빨리 들어와. 옷까지 다 젖었잖아."

선생님이 뒤따라 들어왔다.

"이게 웬일이야? 우리 반이 조용할 때도 다 있네?"

자리에 앉은 준영은 건우의 뒤통수를 노려보았다. 건우 뒤에 앉은 강비가 준영을 쳐다보았다. 준영과 강비의 시선이 마주치며 불꽃이 튀었다. 강비가 고개를 앞으로 홱 돌렸다.

'도강비가 전학 온 후로 모든 게 엉망이 됐어. 이상해. 정말 이상해.'

준영이 어금니를 꽉 깨물며 주먹을 움켜쥐었다.

주랑과 강비, 건우는 씨름 이야기를 하며 천천히 교문을 나섰다.

강비가 말했다.

"우리 집에서 같이 숙제하자. 엄마도 밤늦게 들어오신다고 했거든. 둘 다 학원 끝나면 전화해. 간식 사게."

주랑과 건우가 마주 보고 고개를 끄덕였다.

"주랑아, 같이 가!"

은지와 나리가 쪼르르 달려와 양쪽에서 주랑과 팔짱을 꼈다. 다른 남자아이들도 뛰어와 강비, 건우와 나란

히 걸었다. 남자아이들은 건우에게 이긴 비결이 뭐냐는
둥 언제부터 씨름한 거냐는 둥 끊임없이 질문을 던졌
다. 건우는 난처한 표정으로 계속 웃기만 했다.

주랑이 주머니를 뒤적거리다 강비와 건우를 보고 말
했다.

"너희 먼저 가. 휴대 전화를 책상 서랍에 두고 온 것
같아."

준영은 학원을 빼먹고 근처 공원으로 향했다. 너른 공
원은 몇 주째 공사 중이라 일반인 출입 금지였다. 정문
에 세워진 출입 금지 팻말을 에돌아 공원으로 들어갔다.

굴삭기와 불도저가 군데군데 괴물처럼 서 있었다. 무
덤 같은 흙무더기도 드문드문 쌓여 있었다. 소낙비가
지나간 뒤라 걸음마다 질척한 발자국을 남겼다. 수많은
사람이 드나들던 공원은 적막이 감돌았다. 이따금 까마
귀 우는 소리가 들렸다. 젖은 벤치에 엉거주춤 걸터앉
은 준영은 이를 부득부득 갈았다. 자기 어깨에도 미치
지 않는 건우에게 메다꽂힌 순간을 떠올리니 분통이 터
졌다.

'아무리 생각해도 이상해. 그 작은 몸뚱이가 손에 잡히지도 않고 겨우 허리춤을 잡았더니 바윗덩어리 같아서 들리지도 않았어.'

준영은 엄지손톱을 잘근잘근 씹었다. 분이 풀리지 않았다. 아이들의 실망한 눈빛과 도강비가 비웃던 모습이 머릿속에서 맴돌았다.

'가만 안 두겠어. 가만 안 둘 거야.'

준영이 허공을 응시하며 눈을 부릅떴다. 별안간 쿵 소리가 들렸다. 바로 앞, 진흙 위에 커다란 발자국이 시커멓게 찍혔다. 보이지 않는 형체가 앞에 서 있었다.

"복수하고 싶지?"

낮고 컬컬한 가래 낀 목소리가 괴괴하게 울렸다. 겁에 질린 준영이 느릿느릿 고개를 들었다. 발자국 위에 보이지 않던 형체가 종아리부터 서서히 드러났다. 깜짝 놀란 준영이 몸을 뒤로 젖혔다. 커다랗고 구부정한 노인이었다. 거인처럼 보였지만 분명 사람은 아니었다. 상투 튼 머리카락은 풀어 헤쳐져 비죽비죽 솟아 있었다. 색 바랜 후줄근한 한복은 꼭 누더기 같았다. 노인의 양 볼에는 커다란 혹이 조롱박처럼 매달려 있었다.

"괴, 괴물……."

노인이 험상궂게 인상 쓰니, 얼굴에 가득한 주름이 도 드라져 보였다.

"내가 괴물로 보인단 말이지?"

지저귀던 새소리도 들리지 않고 공기의 흐름조차 멈 춘 것 같았다. 준영이 자리에서 슬그머니 일어나 공원 입구를 바라보았다. 까마득히 멀게 느껴졌다.

"그러지 않는 게 좋을 거다. 만약 도망간다면 네 집까 지 쫓아갈 거니까."

"누구세요. 잘못했어요."

준영이 사시나무 떨듯 덜덜 떨었다. 괴물이 길쭉한 검 지를 좌우로 흔들었다. 앙상한 손가락에 뾰족하고 시커 먼 손톱이 준영의 가슴팍을 가리키자 준영은 날카로운 바늘에 가슴을 찔린 듯한 통증을 느꼈다.

"내가 듣고 싶은 대답은 그런 게 아니야. 나는 잡종 도 깨비를 찾아서 도깨비방망이는 빼앗고 잡종 도깨비는 없애 버리면 돼. 도강비가 네 녀석에게 망신을 줬지? 도 깨비가 비겁하게 인간을 골탕 먹이다니."

준영이 아픈 가슴을 매만지며 말했다.

"도깨비라니요?"

"얼마 전부터 내 혹이 다시 욱신거리기 시작했거든. 저주받은 혹 때문에 얼굴이 견딜 수 없이 아파. 내게 혹을 단 수장 도깨비의 핏줄이 가까이 있다는 뜻이지. 이 통증을 멈추려면 수장 도깨비 핏줄의 방망이가 필요해. 도깨비 수장의 방망이만이 내 혹을 뗄 수 있어. 오랜 시간 찾아다녔지. 우주랑! 그 도깨비의 방망이 하나면 할 수 있는 게 아주 많아. 어린 잡종 도깨비의 방망이를 뺏는 건 식은 죽 먹기야. 크크크."

준영이 우주랑의 이름을 되뇌었다. 괴물의 낮은 웃음소리가 우렁우렁 울렸다.

"운 좋게도 그들을 향한 너의 분노가 나를 여기까지 이끌었단다. 복수하고 싶으면 내가 도와주지. 한주먹감인 도깨비 따위 내겐 아무것도 아니지만, 넌 평생 당하고만 살 거야. 바로 오늘처럼."

준영의 가슴에서 큰북이 둥둥 울리는 것 같았다. 준영은 눈을 부릅뜨며 고개를 끄덕였다. 그때 준영의 외투 주머니에서 휴대 전화 문자 메시지음이 울렸다. 준영은 휴대 전화를 꺼냈다. 주랑이 책상에 흘리고 간 휴대 전

화였다. 빈 교실에 남았던 준영은 휴대 전화를 냉큼 주
머니에 집어넣고 교실을 빠져나왔다. 주랑의 휴대 전화
에 강비가 보낸 메시지가 찍혀 있었다.

강비
학원 끝나면 문자 보내 줘.
슈퍼 앞에서 기다릴게.

건널목을 건너면 주택가 입구가 있고, 그 옆으로 약속
장소인 슈퍼가 있었다.

건우를 만난 주랑이 울상을 지었다.

"휴대 전화를 어디서 잃어버렸을까?"

"못 찾았어? 강비가 전화를 계속 안 받네. 답도 안 오
고."

주랑이 말했다.

"일단 강비 집에 가 보자."

잘 정돈된 가로수 길을 걸으며 건우가 말했다.

"신기해. 내 친구들이 도깨비라니."

"나도 믿기지 않아. 이 상황이 이해도 안 되고."

건우가 주랑을 보고 해맑게 웃었다.

"주랑아, 저것 좀 봐."

어느새 주랑의 집 앞에 도착했다. 건우가 아까시나무를 가리켰다. 주랑을 발견한 코리가 나무 아래로 쪼르르 내려와 주랑의 어깨 위에 올라섰다.

"코리야!"

건우가 신기한 듯 눈을 크게 떴다. 그때 전화벨이 울렸다. 건우가 반갑게 전화를 받았다.

"강비야, 지금 막 너희 집 앞에 도착했어."

"요괴가 주랑이를 찾았어."

강비의 다급한 목소리가 전화기 밖으로 울렸다. 이내 전화가 끊겼다. 건우가 사색이 되어 다시 강비에게 전화를 걸었다. 하지만 지금은 전화를 받을 수 없다는 기계음만 계속 들렸다. 건우가 초조한 눈빛으로 주랑을 바라보았다.

갑자기 휑하니 축축한 바람이 불었다. 주랑의 머리카락이 이리저리 날리며 얼굴에 들러붙었다. 주랑의 가슴에 알 수 없는 불안감이 스며들었다.

주랑이 강비 집 현관문을 슬며시 밀자 문이 스르륵 열렸다.

"강비야!"

빈집에 주랑의 목소리가 울렸다. 별안간 코리가 주랑의 어깨에서 폴짝 뛰어내리더니 강비 집으로 들어갔다. 주랑도 코리를 따라 들어갔다.

낯익은 주문

코리가 2층으로 휘리릭 올라갔다. 그러더니 계단 중
간쯤 손잡이에 몸을 곧추세우고 앉아 주랑을 내려다보
았다. 주랑이 계단을 허겁지겁 따라 올라갔다.

"코리야, 아무도 없나 봐. 이리 내려와."

별안간 코리가 벽에 걸린 그림 속으로 펄쩍 뛰어들었
다. 코리를 향해 팔을 뻗은 주랑이 그림 속으로 스르륵
빨려 들어갔다.

주랑은 어딘가로 철퍽 떨어졌다. 꽹과리와 징 소리가
시끄럽게 들리더니 쥐 죽은 듯 조용해졌다. 주랑이 자
신에게 꽂히는 수많은 시선을 느끼며 고개 들었다. 그

순간 잔치하던 사람들이 술렁거렸다.

"인간이다!"

"김 서방이라고? 인간은 여기 못 들어오는데?"

"요즘 인간 세계에 요괴가 돌아다닌다던데 결계에 틈이라도 생겼나?"

한복을 입은 사람들이 눈을 휘둥그레 뜨고 주랑을 쳐다보았다. 교실의 서너 배쯤 돼 보이는 마당에서 스무 명가량의 사람들이 잔치를 벌이고 있었다. 징과 꽹과리를 들고 춤판을 벌이는 사람들, 고기와 떡을 먹는 사람들. 장기를 두는 선비도 있었고 그림에서 보던 무서운 도깨비도 보였다.

주랑이 겁에 질려 중얼거렸다.

"저, 저는 코리를 따라왔어요. 코리만 데리고 돌아갈게요."

마루에 앉아 장기를 두던 한 선비가 말했다.

"여기에 아무 이유 없이 들어오진 않았을 텐데? 필요한 게 있어서 온 건 아니고?"

"네? 그게 무슨 말씀이세요?"

선비는 대답이 없었다. 주랑은 자기가 넘어온 곳을 돌

아보았다. 네모난 틀이 허공에 떠 있었고, 그 너머에 강비 집 계단이 보였다. 어느 틈엔가 코리가 쪼르르 달려와 주랑의 어깨 위로 올라왔다. 주랑이 덜덜 떨며 액자 틀을 잡고 머리를 들이밀었지만 보이지 않는 막이 가로막고 있었다.

누군가 뒤에서 주랑의 윗도리를 잡아당겼다.

"어이, 김 서방! 들어올 땐 마음대로 들어왔지만 나갈 때는 마음대로 못 나가."

"나는 우씨예요. 김 서방이 아닌데요."

"인간이 다 김 서방이지."

앳된 목소리였다. 주랑이 뒤돌아보니 허리까지 오는 작은 요괴 같은 것이 주랑을 올려다보았다. 동글동글한 귀여운 얼굴에 뾰족한 이빨이 입꼬리 양쪽에 튀어나와 있고, 엉덩이 뒤로 하얀 솜뭉치 같은 동그란 꼬리가 달려 있었다.

대청마루에 앉은 덩치 큰 도깨비들이 눈알을 뒤룩뒤룩 굴리며 말했다.

"오도깨비야! 김 서방은 여기 있으면 기가 눌려서 하루도 못 살아."

오도깨비가 주랑의 옷자락을 흔들며 대꾸했다.

"나는 김 서방이랑 놀고 싶단 말이야."

주랑이 겁먹은 표정으로 말했다.

"그만 놔줘. 돌아가야 해."

오도깨비가 단호하게 말했다.

"안 돼! 나랑 놀아야 해."

주랑은 사라진 강비 생각에 발을 동동 굴렀다.

"친구가 갑자기 사라졌단 말이야. 찾아야 한다고."

오도깨비가 고개를 갸웃하더니 까만 눈동자를 희번 덕거렸다.

"술래잡기하는 거야? 나도 숨을 테니까 찾아봐. 그럼 돌려보내 줄게."

그제야 오도깨비가 손에서 주랑의 옷자락을 놓았다. 그러더니 주변에 작은 오도깨비 여섯을 돌아보며 말했다.

"얘들아, 어서 숨어!"

주변에 있던 오도깨비들이 까르륵 웃으며 뿔뿔이 흩어졌다.

"열까지 세고 찾아! 우리 일곱을 다 찾아야 해."

주랑은 그 자리에 주저앉아 울고만 싶었다.

"지금 이럴 때가 아니라고. 도대체 여기가 어디야?"

"여기는 도깨비 나라지. 돌아가고 싶으면 술래잡기를 끝내면 돼."

대청마루에 앉아 게걸스럽게 고기를 뜯던 도깨비가 말했다. 우걱우걱 고기를 씹는 입이 번드르르했다.

주랑이 액자를 바라보았다. 처음 왔을 때보다 묘하게 작아진 느낌이었다.

"어서 시작해, 작은 김 서방!"

주랑은 넓디넓은 한옥을 헤맸다. 하늘에 주홍빛이 퍼졌다. 마당마다 화려한 오색 연등이 줄줄이 매달려 대낮처럼 밝았다. 문을 하나 지나면 또 다른 문이 끝도 없이 이어졌다. 코리는 매끄러운 기와지붕을 따라 오르락내리락하며 주랑을 따라다녔다. 주랑은 담벼락을 사이에 둔 사랑채와 행랑채를 지나 곳곳을 구석구석 뒤졌다. 그렇지만 제자리를 빙글빙글 도는 느낌만 들 뿐 아무도 찾을 수가 없었다. 꽹과리 소리와 징 소리, 노랫소리가 뒤섞여 머리가 지끈거렸다.

밤새 온 집 안을 헤매 지친 주랑이 쪽마루에 걸터앉았다. 하늘을 올려다보니 도시에서 보는 하늘과는 이상야

릇하게 달랐다. 커다란 보름달이 손에 잡힐 듯 가깝게 느껴졌다. 낮은 구름이 바람을 따라 너울너울 흐르며 달빛을 감쌌다. 온몸이 뻐근했다. 주랑은 어깨와 다리를 통통 두드렸다. 슬금슬금 어둠이 물러났다.

산마루턱 위로 조용히 해가 떠오르고 있었다. 귓가에 울리던 꽹과리와 징 소리도 어느 순간 들리지 않았다. 도깨비들은 그새 어디로 갔는지 모두 보이지 않았다.

"못 찾겠다, 꾀꼬리!"

주랑의 목소리만이 메아리가 되어 돌아왔다. 너른 기와집에 아무도 보이지 않았다. 주랑은 사랑채가 있는 마당으로 돌아갔다. 커다란 잔칫상이 있던 대청마루는 방금 청소한 듯 말끔했다. 온 집 안이 마찬가지였다. 손으로 쓸어도 먼지 한 톨 없을 정도로 반짝반짝했다. 주랑은 곧 액자를 찾았다. 머리를 들이밀었지만, 여전히 들어가지 않았다. 조금씩 작아지는 액자를 보자 조바심이 났다.

'영영 못 돌아가는 건 아닐까?'

주랑이 대청마루에 올라가 벌렁 드러눕자 코리가 쪼르르 다가왔다.

"코리야, 어떡해. 우리 도깨비 집에 갇혔어."

주랑은 천장을 받치고 있는 대들보와 지붕의 뼈대 같은 서까래를 쳐다보다 까무룩 잠이 들었다.

시간이 얼마나 지났을까? 주랑은 시끌시끌하고 북적거리는 소리에 소스라치게 놀라 눈을 떴다. 잠깐 눈을 붙인 것 같은데 어느새 하늘에는 저녁노을이 붉게 물들어 있었다.

"내가 미쳤나 봐. 갑자기 왜 잠이 든 거지?"

얼굴이 험상궂은 도깨비들이 시커먼 눈알을 이리저리 굴리며 주랑을 내려다보았다. 주랑이 고래고래 소리 지르며 벌떡 일어나 몸을 웅크렸다. 놀란 도깨비들이 동시에 엉덩방아를 찧었다.

"김 서방 목소리가 왜 이렇게 큰 거야! 귀청 떨어질 뻔했네."

"화통을 삶아 먹었나."

"애 떨어질 뻔했잖아."

"애가 어디 있어?"

"그러게, 하하."

마당에서는 지난밤처럼 사물놀이가 한창이었다. 어느새 잔치가 무르익자 도깨비들은 저마다 흥에 겨워했다.

도깨비가 물었다.

"김 서방, 오도깨비는 다 찾았어?"

옆에서 다른 도깨비가 말했다.

"멍청하긴, 찾았으면 여기서 자고 있겠어? 하여간 김 서방은 다 똑같아. 의지도 약하고 포기도 빠르고, 게을러 터져서는. 쯧쯧."

주랑이 말했다.

"오도깨비가 도대체 어디 숨었는지 도무지 찾을 수가 없어요."

"주문을 외우면 들릴 거야."

"주문이요?"

"그거 있잖아, 그거! 그게 뭐더라? 자네는 아는가?"

도깨비가 옆에서 고기 뜯던 도깨비의 머리를 툭 치며 물었다. 옆에 있던 도깨비 손에서 고깃덩어리가 바닥으로 떨어졌다.

"아, 왜 때려. 이 못생긴 도깨비가. 가만 안 두겠어."

도깨비 둘이 느닷없이 자리에서 벌떡 일어나 마당 한

편의 씨름장으로 달려갔다.

"씨름에서 이긴 도깨비가 오늘의 승자야."

"그래, 덤비라고. 납작한 네 코를 오늘 더 납작하게 눌러 줄 테니까."

주변 곳곳에서 놀던 도깨비들이 씨름터로 달려가 소리치며 둘의 주변을 에워쌌다. 으라차차 기합 소리와 서로를 헐뜯고 약 올리는 소리가 들렸다. 아무도 주랑에게 관심이 없었다.

주랑은 대청마루에서 내려와 주변을 살폈다. 고개 숙여 툇마루 아래를 살핀 후 부엌문을 열었다. 드라마에서 보던 한옥 부엌과는 다르게 거대한 규모였다. 수십 명이 넘는 사람이 주방을 가득 채웠지만, 비좁지 않았다. 아궁이 위 커다란 가마솥은 저마다 펄펄 끓고 있었다. 대청마루보다 널따란 부뚜막 위에는 맛깔스러워 보이는 음식이 한가득했다. 당장 왕에게 올려야 할 것 같은 가지각색의 다채로운 요리가 쫙 펼쳐져 있었다. 고소하고 달큰한 냄새에 침이 꼴깍 넘어갔다. 주랑의 손이 절로 음식으로 향했다. 그때 코리가 홀쩍 주랑의 품으로 뛰어들었다. 주랑은 코리를 품에 안고 가까스로 부엌을 빠져나왔다.

"코리야, 고마워. 밤새 부엌에 있을 뻔했어."

옆 마당으로 들어가니 제기 차는 아이들이 보였다.

"얘들아, 오도깨비 봤니?"

한 아이가 주랑을 바라보았다.

"오도깨비가 숨으면 절대 못 찾아. 주문을 외워, 아주 조용히. 잘 봐."

아이가 입 모양으로 말했다. 주랑은 아이의 입을 뚫어지게 바라보았다. 어디선가 들어 보았던 낯익은 주문이었다.

찬누리찬누리치리, 꼭꼭 숨어라

코리가 주랑의 품을 파고들었다. 따듯한 기운에 주랑은 마음이 조금 놓였다. 주랑은 다른 문을 열고 들어갔다. 아무도 없었다. 사물놀이 소리만 끊임없이 왕왕 울렸다. 또 다른 문을 열자, 늙은 떡갈나무 옆에 오래된 우물이 보였다.

주랑은 낮은 목소리로 속삭였다.

"찬누리찬누리치리. 꼭꼭 숨어라, 머리카락 보일라."

그때 우물 속에서 수런거리는 소리가 들렸다.

"멍청아, 네 머리카락이 보이잖아."

"아니야, 네 머리카락이야."

주랑이 우물 속으로 얼굴을 들이밀었다. 시커먼 우물 속 벽에 붙은 두 오도깨비가 서로의 머리카락이 보인다며 아옹다옹 다투고 있었다.

"찾았다!"

잔뜩 심통 난 얼굴로 서로를 원망하는 두 오도깨비의 얼굴이 우스꽝스러웠다. 두 오도깨비는 실망한 표정으로 우물에서 기어 나와 어디론가 사라졌다.

"이제 다섯 남았어."

옆 마당으로 건너가자 커다란 헛간이 보였다. 주랑은 헛간 문을 벌컥 열었다. 곡식 가마가 산처럼 쌓여 있었다. 헛간 끝과 천장 높이를 가늠할 수 없을 정도로 면적이 넓었다.

"바깥에서는 커 보이지 않았는데."

주랑이 곡식 단 사이 터놓은 길을 걸으며 나지막하게 중얼거렸다.

"찬누리찬누리치리. 꼭꼭 숨어라, 머리카락 보일라."

처음에는 아무 소리도 들리지 않았다. 그러나 조금씩 두런두런 이야기하는 소리가 퍼졌다.

"너 때문이야."

"아니야, 너 때문이지."

주랑은 소리가 들리는 곳으로 달려갔다. 가마니 사이에 오도깨비가 나란히 끼어 있었다. 둘은 서로의 입을 움켜쥐고 있었다.

"찾았다."

두 오도깨비는 가마니 사이에서 걸어 나와 바람처럼 사라졌다.

주랑은 다음 문을 열고 들어갔다. 대청마루에서 갓 쓴 선비들이 장기를 두고 있었다. 마당 한가운데에는 깊이를 알 수 없는 둥그런 연못이 있었다. 연못을 둘러싼 연꽃이 화사한 불빛을 뿜어냈다.

"찬누리찬누리치리. 꼭꼭 숨어라, 머리카락 보일라."

연못 어딘가에서 도란거리는 소리가 들리며 잔물결이 일었다. 주랑은 작은 돌멩이를 연못에 퐁당 집어 던졌다. 흠뻑 젖은 두 오도깨비가 연못 속에서 풀쩍 뛰어올랐다. 그러고는 서로를 향해 눈을 부라렸다.

"조심하지 못한 네 탓이야."

"아니야, 네 탓이야."

두 오도깨비가 개구리처럼 폴짝폴짝 뛰어 옆 마당으

로 사라졌다.

주랑이 중얼거렸다.

"이제 하나만 찾으면 돼."

어느새 새벽 어스름이 걷히고 있었다.

"앗, 안 돼."

대청마루에서 장기를 두던 선비들이 흐릿해지더니 순식간에 사라졌다. 주랑은 왔던 길로 다시 뛰어갔다. 화려한 연등불은 꺼지고 날이 환하게 밝아 왔다.

주랑은 처음 들어왔던 마당으로 갔다. 액자 틀이 더 작아져 있었다. 영영 돌아갈 수 없는 건 아닌지 더럭 겁이 났다. 대청마루에 걸터앉아 기둥에 몸을 기댔다. 밤새 뛰어다닌 탓에 피곤이 몰려왔다. 코리가 주랑의 다리 위로 올라와 몸을 둥글게 말았다.

'절대 잠들지 않을 거야.'

주랑은 눈을 부릅뜨고 주위를 두리번거렸다. 눈이 스르륵 감겼다. 꾸벅꾸벅 졸던 주랑은 깜짝 놀라 퍼뜩 눈을 떴다. 푸르스름한 도깨비불이 저 멀리 서산마루를 넘나들었다. 분명 잠깐 졸았는데 어느새 땅거미가 진 마당에 도깨비가 가득했다. 붉은 해가 조용히 자취를 감추자 연등에 하나둘 불이 들어왔다. 도깨비들은 사물놀이를 하거나 음식을 입에 쑤셔 넣거나 씨름을 했다. 액자 틀은 8절 도화지만큼 작아졌다. 주랑이 한숨을 내쉬었다.

'도깨비 세계에 영영 갇히면 어떡하지? 아빠는 내가 어디 있는지도 모를 텐데. 강비랑 건우는 어떡하지?'

모든 게 혼란스러웠다. 눈물이 볼을 타고 흘러내렸다. 왠지 지나온 시간이 소중하게 느껴졌다. 너무 의욕 없이 대충대충 살아온 것 같았다. 친구들에게 적극적이었던 적도 없다. 오히려 귀찮아했던 순간이 많은 것 같았다. 불편한 상황은 피하려고만 했다.

'아빠에게 싹싹한 적도 없고 답답했을 거야. 그런데 여기 갇혀서 영원히 못 만난다면…….'

주랑은 세차게 고개를 흔들었다. 스스로 이곳에서 빠져나가야 했다. 코리가 어깨에 올라와 앉았다. 다시 힘을 내 부랴부랴 옆 마당으로 뛰었다. 늙은 떡갈나무와 우물을 지나 커다란 헛간이 있는 마당을 거쳤다. 그러고는 연못이 있는 마당까지 주문을 외우며 구석구석을 살폈다. 연못 위에 어여쁜 연꽃 등이 차례로 불을 밝혔다. 온 집 안을 헤매고 다녀도 마지막 남은 오도깨비를 찾을 수가 없었다. 속이 타들어 가는 것 같았다. 다리에 힘이 빠져 후들거렸다.

마당 한편에 수십 개의 크고 작은 장독대가 돌담을 등지고 줄 맞춰 서 있었다. 도깨비 집을 구석구석 뒤졌지만, 여전히 낯선 풍경이었다. 마당 한가운데 커다란 오동나무가 꿋꿋이 서 있었다. 풋풋한 연보랏빛 꽃송이가 흐드러지게 피어 마당 가득 향긋한 꽃 내음이 잔잔히 퍼졌다. 주랑이 지나가려고 하자 꽃송이 사이에서 부엉이 울음소리가 발걸음을 붙들었다.

"부엉부엉."

주랑이 미끈하게 뻗은 오동나무를 올려다보았다. 잔가지에 걸터앉은 부엉이 한 마리가 주랑을 내려다보았다. 노랗고 초롱초롱한 눈망울이 신비로웠다. 부엉이는 양반다리를 하고 앉아 있었다. 한쪽 날개는 곰방대를 쥐고 있었다. 부엉이는 고개를 끄덕거리며 주랑을 물끄러미 바라봤다. 할 말이 있는 것 같았다. 부엉이가 곰방대로 나무 아래쪽을 톡톡 두드렸다. 주랑이 멀뚱멀뚱 바라보자 부엉이는 다시금 고개를 푹 숙이더니 나무 아래를 내려다보았다. 주랑은 부엉이가 가리키는 곳을 바라보았다. 나무 밑동에 작은 구멍이 있었다. 토끼 꼬리 같은 짧고 동그란 털 뭉치가 튀어나와 살랑거렸다.

주랑이 나지막이 읊었다.

"찬누리찬누리치리. 꼭꼭 숨어라, 머리카락 보일라."

동그란 털 뭉치의 주인이 파닥파닥하며 바닥으로 툭 떨어졌다. 주랑이 맨 처음 본 오도깨비였다. 오도깨비가 부엉이를 노려보았다. 부엉이는 곰방대를 입에 가져가며 딴전을 피웠다. 오도깨비가 비통한 표정으로 철퍼덕 주저앉았다.

"벌써 다 찾은 거야?"

"벌써라니. 이미 사흘째 밤인걸? 내 친구는 대체 언제 찾아."

주랑이 울먹거렸다.

"그만 보내 줘."

오도깨비가 고개를 갸웃갸웃하니 사라졌던 오도깨비 여섯이 슬금슬금 나타나 주랑의 주변을 에워쌌다. 오도깨비가 퉁방울눈을 뒤룩뒤룩 굴렸다.

"김 서방, 우리 다른 놀이 하자."

주랑은 오스스 소름이 돋았다.

그때 누군가 우렁찬 목소리로 오도깨비를 꾸짖었다.

"그만둬! 약속을 안 지키면 어떻게 되는지 알지? 완전히 먼지가 되어 사라지는 거."

오도깨비 일곱이 바들바들 떨며 납작 엎드렸다. 덩치 큰 여자가 몸에 딱 붙는 호랑이 가죽을 걸치고 모습을 드러냈다. 곱고 아름다운 얼굴에 위엄이 가득했다. 오도깨비들은 엎드린 채로 슬그머니 사라졌다. 여자는 주랑의 얼굴을 구석구석 살피더니 손을 억세게 잡아 쏜살같이 달렸다. 커다란 대청마루가 있던 마당 문을 열자 허공에 떠 있는 자그마한 액자가 보였다. 사람 머리 크기만 한 액자 속에 건너편 풍경은 보이지 않았다. 주랑이 구멍을 향해 몸을 던졌다.

주랑은 딱딱한 벽에 부딪혀 쿠당탕 소리와 함께 바닥에 나동그라졌다. 코리도 주랑 옆으로 데굴데굴 굴렀다. 액자가 있던 자리에 아무것도 없었다. 도깨비들이 낄낄 웃으며 주랑을 바라봤다. 주랑이 허공을 짚었다.

"어, 어떡해. 액자가 사라졌어."

"아직 늦지 않았어."

여자가 다시금 주랑의 손목을 잡고 어딘가로 뛰었다. 커다랗고 억센 손은 따듯하고 보드라웠다. 잠시 후 둘은 커다란 솟을대문 앞에 도착했다. 주랑이 이제껏 본 적 없는 어마어마한 크기였다. 빗장이 단단하게 걸려 있었다. 주랑의 힘으로는 도저히 들 수 없는 커다란 빗장이었다.

"손을 펼쳐 봐. 이건 네 거야."

여자가 주랑의 손목을 잡았다. 다른 한 손은 주랑의 손바닥에 갖다 댔다. 맞닿은 손바닥이 화끈거렸다. 주랑은 불에 타는 듯한 통증을 느꼈다.

"앗, 뜨거."

주랑이 손을 빼려 하자 여자는 완강하게 손목을 움켜쥐고는 왼손을 쫙 펼친 채 부드럽게 들어 올렸다. 주랑과 여자의 손바닥 사이에서 눈부신 빛이 새어 나오며 물결이 출렁거렸다. 찐득한 액체 같은 것이 투명하게 꿀렁거리며 주랑의 손 위에 형체를 드러냈다. 여자의 손바닥이 반듯하게 높이 올라가자 기다랗고 휘황찬란한 도깨비방망이가 손바닥 위에 사뿐히 섰다. 도깨비방망이는 무지갯빛을 영롱하게 발산했다. 깨질 것 같은

크리스털 방망이였다. 주랑의 눈이 휘둥그레졌다. 가슴 밑바닥부터 강한 기운이 올라와 온몸 구석구석에 퍼졌다.

"돌아가서 친구를 구해!"

손바닥 위에 붕 떠 있던 도깨비방망이가 아지랑이처럼 흔들리더니 손바닥 속으로 휘리릭 사라졌다.

"어? 어디 갔지?"

"언제든 네가 원할 때 꺼낼 수 있어. 주문 알지? 너만의 도깨비방망이야."

여자가 다정한 눈빛으로 주랑을 바라보며 얼굴을 부드럽게 쓰다듬었다. 여자가 코리에게 소리쳤다.

"어서 길을 인도해!"

여자가 둔탁한 빗장을 단숨에 잡아 젖히고는 솟을대문을 힘차게 밀었다. 육중한 문이 바닥 긁는 소리를 내며 활짝 열렸다. 별안간 밝은 빛이 쏟아지는 바람에 주랑은 눈을 찡그렸다. 코리가 문밖으로 폴짝 뛰었다.

여자가 그윽한 눈길로 바라보더니 주랑의 등을 세차게 밀었다. 문밖으로 튕기듯 밀려 나온 주랑은 계단에서 데구루루 굴러 바닥에 부딪쳤다. 고개를 들자 강비네 집 거실이었다.

이 잡종아, 누가 널 원할까?

"주랑아!"

건우가 주랑을 일으켜 세웠다. 주랑이 발을 동동 구르며 말했다.

"어떡해, 사흘이나 지났어. 강비는?"

"무슨 소리야, 네가 집으로 들어간 지 십 분 지났어."

주랑이 곰곰 생각한 뒤 다시 그림 앞으로 달려갔다.

"십 분이라니? 이 그림 속에서 사흘 밤낮을 헤매고 다녔는데."

그림은 아무 일 없었다는 듯 처음 본 그대로였다. 때마침 코리가 현관 앞에서 몸을 곧추세우고 코를 실룩

실룩댔다. 그러더니 어딘가로 폴짝폴짝 뛰어갔다.

"코리를 따라가야 해."

주랑이 앞장서 뛰어나갔다. 건우도 주랑을 뒤따랐다.

"경찰에 신고할까?"

"요괴를 어떻게 신고해. 코리가 강비 있는 곳을 알고 있어."

두 아이는 공원으로 뛰어갔다. 출입 금지 팻말이 두 아이를 가로막았다. 주랑이 말했다.

"강비가 여기 있어."

코리가 가까이 있는 나무 위로 쪼르르 올라갔다. 주랑과 건우는 조심스럽게 공원에 발을 내디뎠다. 사방이 고요했다. 앞이 보이지 않을 정도로 짙은 안개가 자욱했고 서늘한 공기가 코끝에 스쳤다.

건우가 어깨를 감싸며 말했다.

"좀 으스스한걸?"

두 아이는 질퍽질퍽한 땅을 밟고 앞으로 걸어갔다. 한 치 앞이 보이지 않았다. 어디선가 둔탁한 것을 쿵쿵 두드리는 소리가 들렸다. 주랑은 소리를 향해 걸어갔다.

습한 바람이 불어왔다.

높은 소나무 위에서 습기를 머금은 나뭇잎이 부딪치며 빗방울을 떨어뜨렸다. 주랑과 건우는 벤치 앞에 다다랐다. 힘을 잃고 떨어진 나뭇잎이 벤치에 들러붙어 있었다. 벤치 위에 주랑의 휴대 전화가 있었다.

"내 전화기가 왜 여기 있지?"

주랑이 휴대 전화를 집어 들었다. 강비의 전화번호가 여러 번 찍혀 있었다. 주랑이 강비에게 보낸 메시지가 있었다.

주랑

건우랑 공원에 왔어. 공원 벤치로 와.

"누가 이런 메시지를 보낸 거지? 누가 내 휴대 전화를 학교에서 가져온 거야?"

주랑은 그동안 비밀번호를 설정하지 않은 것이 후회됐다. 벤치 주변을 둘러보던 건우가 바닥에 떨어져 있는 또 다른 휴대 전화 하나를 집었다. 그 휴대 전화에는 진흙이 잔뜩 묻어 있었다.

"이건 강비 휴대 전화야. 아무래도 강비가……."

바로 그때, 나무 덤불 뒤 안개 속에서 미세한 바람이 불었다. 높은 가지에서 새들이 푸드덕거리며 날아올랐다. 안개 너머에서 땅을 찍어 누르는 육중하고 무거운 발걸음 소리가 들렸다. 소리가 점점 가까이 들려왔다.

주랑과 건우가 잔뜩 긴장하며 뒷걸음질 쳤다.

"주랑아, 저기 무언가 있어."

겁에 질린 건우의 목소리가 덜덜 떨렸다. 그러나 건우는 달아나지 않고 말했다.

"강비가 위험에 처한 것 같아."

주랑은 어찌해야 할지 알 수 없었다. 다행이라면 평소와 다르게 마음이 차분한 상태라는 점이었다. 이윽고 안개 속에서 누군가 모습을 드러냈다.

"조준영? 네가 왜?"

주랑이 맥 빠진 얼굴로 준영을 바라보았다. 준영은 두 아이를 잠자코 바라보았다.

건우가 말했다.

"준영아, 혹시 강비 못 봤니?"

주랑이 소리쳤다.

"내 휴대 전화 가져가서 강비 불러낸 게 너야?"

준영이 히죽 웃었다.

"그렇다면 어쩔 건데."

주랑과 건우가 얼굴을 찡그렸다. 무언가 미심쩍은 느낌을 지울 수 없었다.

주랑이 건우에게 소리쳤다.

"조준영 목소리가 아니야."

그때 준영이 도움닫기 하듯 펄쩍 뛰어 주랑에게 달려들었다. 순식간에 주랑이 뒤로 나자빠졌다. 준영이 주랑의 멱살을 움켜쥐고 흔들었다.

"컥!"

준영은 핏발 선 눈으로 주랑을 잡아먹을 듯 노려보았다. 준영의 목소리가 아닌 거칠고 탁한 목소리가 우렁우렁 울렸다.

"잡종 도깨비, 수장의 핏줄인 너를 인간 세계에 숨겼을 거라고 누가 상상이나 했겠어. 집에 말 피를 칠해 놓고 감쪽같이 숨었을 줄이야. 이제야 복수할 수 있게 됐구나. 미련하고 멍청한 도깨비들."

건우가 뛰어와 준영의 팔을 잡아당겼다.

"준영아, 너 왜 이래? 이러다 주랑이 죽겠어."

준영이 한 손을 떼 건우를 힘껏 밀쳤다. 건우가 저만
치 나가떨어지고 그사이 주랑은 가까스로 준영의 손아
귀에서 벗어났다. 주랑이 콜록거리며 부리나케 몸을 일
으켰다.

"너, 누구야! 준영이 아니지?"

준영이 입을 크게 벌려 웃었다. 준영의 모습 위로 흐
릿하게 다른 이의 모습이 겹치더니 점점 흉측한 모습으
로 변했다. 커다랗고 구부정한 괴물, 양 볼에 징그러운
혹을 대롱대롱 매달고 있는 혹부리 영감이었다. 웃을
때마다 어깨 아래까지 처진 커다란 혹이 들썩거렸다.
무거운 혹을 매달고 있는 볼 또한 축 늘어져 있었다. 얼
굴 가득한 주름은 칼에 베인 자국처럼 깊었다.

"으하하, 나는 분노와 악의에 가득 찬 인간 몸속에 깃
들 수 있지. 나는 두려움이고 분노고 증오야. 얼굴에 커
다란 혹을 두 개나 달고 내가 어떻게 살았을 것 같나. 탐
욕과 허영에 빠진 저주받은 노인네. 모든 재산을 잃고
가족도 나를 떠났지. 평생 사람들의 손가락질에 시달렸

어. 내 남은 인생은 굶주림과 조롱만이 가득했지. 내가 눈을 감을 때 내 옆에는 아무도 없었어. 추악하고 욕심 많은 늙은이가 결국은 홀로 외로이 죽었다고 떠들어 댔지. 내가 뭘 그렇게 잘못했다고. 야비한 도깨비 덕분에 지금 내 꼴이 이렇게 된 거야."

혹부리 영감이라면 어릴 적 엄마에게 자주 들은 옛날이야기다.

착한 혹부리 영감이 있었다. 나무를 하다 밤이 되어 빈집에 들어가 하룻밤 쉬며 심심해서 노래를 불렀다. 아름다운 노랫소리를 찾아온 도깨비들은 그 노래가 어디에서 나온 것이냐고 물었고, 혹부리 영감은 혹에서 나왔다고 말했다. 도깨비들은 노인의 혹을 사는 대가로 재물을 줬다. 노인은 혹도 떼고 재물도 얻어 남은 인생을 행복하게 살 수 있었다.

이 이야기를 들은 욕심쟁이 혹부리 영감도 빈집을 찾아가 노래를 불러 도깨비를 불러들였다. 도깨비는 착한 혹부리 영감의 혹을 달았어도 노래를 잘할 수 없었다. 때마침 착한 혹부리 영감이 다시 찾아왔다고 생각한 도깨비가 거짓말쟁이라며 그에게 혹을 다시 돌려주었다.

그 혹은 다른 한쪽 볼에 붙여졌다. 욕심쟁이 혹부리 영감은 결국 혹만 하나 더 늘어나 남은 삶이 불행했다는 이야기다.

주랑이 말했다.

"그건 당신 잘못이잖아. 지금이라도 잘못을 깨달으라고. 준영이 몸속으로 들어간 거면 당장 나와."

"난 허락받고 이 몸을 빌린 거야. 이 아이와 나 사이엔 계약이 있단다. 아직 상황 파악이 안 된 것 같은데, 내 목적은 바로 너, 수장의 핏줄인데도 인정받지 못하는 잡종 도깨비. 내 얼굴에 혹을 붙인 도깨비 수장의 자손. 도깨비 세계는 강력한 결계가 있어서 못 들어가지만, 이곳은 달라. 이 아이의 악한 기운이 있으면 그곳이 곧 내 세계란다. 그런데 말이다. 네 어미가 아직도 데려가지 않은 거 보면 너를 버린 건 아닌지 모르겠구나. 잡종 도깨비 따위 필요 없을 수도. 도깨비들은 제 새끼를 끔찍이도 아끼거든."

주랑은 알 수 없는 슬픔에 휩싸였다.

"어미가 딸을 한 번도 만나러 오지 않았다니……. 만나고 싶으면 언제든 만나러 올 수 있었을 텐데."

"아니야, 엄마는 나를 기다리고 있어."

"하하, 역시 잡종이라 다르구나. 키워 준 인간 아비를 버리고 떠날 생각이라니."

늘 막연하게 느낀 것, 엄마가 살아 있다는 소식을 듣고 느꼈던 기쁨과는 또 다른 감정. 엄마는 왜 단 한 번도 나를 만나러 오지 않았을까? 주랑의 눈에 눈물이 고였다. 혹부리 영감의 말이 모두 맞는 것 같았다.

"잡종 도깨비야. 누가 널 원할까? 네 어미, 네 아비 모두에게 너는 짐이 아닐까?"

인간도 아니고 도깨비도 아니었다. 어느 곳에도 속할 수 없는 불필요한 존재인지도 모르겠다는 생각이 들었다. 혹부리 영감이 서서히 주랑에게 다가왔다. 그때 혹부리 영감 뒤에 안개가 걷히고 공원 뒤 숲이 선명하게 눈에 들어왔다. 벤치에 부딪혔던 건우가 몸을 일으켜 세우고 풀숲을 쳐다봤다.

"강비야!"

강비가 투명한 돔 속에 갇혀 있었다. 윤기 없는 거친 유리가 둥그렇게 강비를 감싸고 있었다. 강비가 투명 막을 쿵쿵 두드렸다. 주랑이 강비를 바라보았다.

'안개 속에서 들리던 소리가 저 소리였어.'

강비의 목소리가 웅웅 울렸다.

"다 사실이 아니야. 혹부리 영감은 요괴야! 네 마음을 흔들고 있어. 할아버지가 돌아가시기 전까지 네 엄마는 꼼짝할 수가 없었어."

도깨비 대 요괴의 결투

혹부리 영감의 눈이 시뻘겋게 이글거렸다. 강비는 손바닥을 펼쳐 도깨비방망이를 끌어내려 했지만 돔 안에 갇힌 후로 아무 힘도 쓸 수가 없었다.

혹부리 영감이 낄낄 웃었다.

"요괴의 결계 안에서 너는 아무 힘도 쓸 수 없어. 결계가 완성되기 전에 눈치챘어야지. 방심하고 있던 네 탓이야. 그 결계는 풍선에 바람 빠지듯 점점 쪼그라들 거란다. 너도 으깨지고 먼지처럼 사라질 거야."

건우가 버려진 나무 기둥 하나를 주워 들었다. 그러고는 돔을 향해 나무 기둥을 휘둘렀다.

돔에는 작은 균열 하나 생기지 않았다. 건우는 나무 기둥을 던져 버리고 주변에 날카로운 작은 바윗덩이 하나를 집어 들어 돔을 내리찍었다.

"조금만 기다려, 강비야. 내가 꺼내 줄게."

건우가 온 힘을 다해 끊임없이 돔을 내리쳤다.

주랑은 바닥에 굴러다니는 돌멩이를 들어 혹부리 영감에게 힘껏 던졌다. 혹부리 영감이 돌멩이를 야구공처럼 받아 손아귀에 쥐고는 주랑을 향해 재빨리 던졌다. 주랑은 가까스로 몸을 숙여 돌멩이를 피했다.

주랑은 상상이 현실이 된 순간을 기억했다. 빗자루로 최씨 아저씨를 혼내 주고 준영을 씨름장에서 혼쭐 낸 순간, 가슴 밑바닥에서 치고 올라온 힘을 기억했다. 주랑이 군데군데 흙탕물이 고인 웅덩이를 내려다보았다. 잠시 후 자잘한 돌멩이가 공중으로 치솟아 쏜살같이 혹부리 영감에게 날아갔다. 혹부리 영감은 날아오는 돌멩이를 손바닥으로 내려치며 뒤로 펄쩍펄쩍 뛰었다. 흙탕물이 이리저리 튀었다. 돌멩이는 혹부리 영감의 주먹에서 가루가 되어 허공에 날렸다. 주랑은 혹부리 영감 옆에 서 있는 더 큰 바위를 들어 올렸다. 주랑의 다리가 후

들거렸다. 바위가 혹부리 영감에게 날아갔다. 혹부리 영감은 날아오는 바위를 향해 힘차게 주먹을 뻗어 내리쳤다. 바위가 산산조각이 나며 바닥에 와르르 떨어졌다.

"잡종 도깨비! 더 기다려 줄 테니까 맘껏 힘을 발휘해 보렴. 킬킬."

혹부리 영감이 찢어진 눈을 치켜뜨며 웃었다. 멀찌감치 뒤로 물러난 혹부리 영감은 도움닫기 하듯 무릎을 구부리더니 껑충 뛰어올랐다.

"쿵!"

진흙이 주랑의 온 몸에 튀었다. 혹부리 영감이 주랑에게 얼굴을 바싹 들이밀었다. 맞붙은 얼굴에서 고약하고 역겨운 냄새가 진동했다. 주랑이 미간을 찌푸리며 주춤거렸다.

"장난은 여기까지. 킁킁. 네게서 도깨비방망이 냄새가 나는구나."

혹부리 영감이 주랑의 멱살을 움켜쥐고 들어 올렸다.

"컥!"

"도깨비 수장에게서 이렇게 나약한 인간 여자아이가 태어나다니. 이제 도깨비방망이를 꺼내 보렴."

주랑이 다리를 버둥거렸다. 그때 건우가 혹부리 영감의 다리에 매달려 정강이를 꽉 깨물었다. 혹부리 영감이 건우를 내려다보고는 황당한 얼굴로 킬킬 웃었다.

"우정이 정말 눈물겹구나. 한 주먹도 안 되는 어린 인간 따위가 겁도 없이."

혹부리 영감이 다리를 세차게 털자 건우가 바닥에 나뒹굴었다. 흙탕물 범벅이 된 건우가 저만치 나가떨어져 정신을 잃었다.

강비가 있는 힘껏 소리쳤다.

"주랑아! 혹시 도깨비방망이 받지 않았어? 도깨비방망이!"

주랑은 혹부리 영감의 손아귀에서 옴짝달싹할 수가 없었다. 혹부리 영감의 고목 껍질 같은 손톱이 여린 살을 파고들었다. 주랑은 손바닥 안으로 사라진 도깨비방망이를 떠올렸다. 그러고는 가쁜 숨을 몰아쉬며 오른손바닥을 쫙 펼쳤다. 손바닥에 아무 느낌이 없었다. 주랑이 다시금 마음을 가다듬었다.

"찬누리찬누리치리! 도깨비방망이야, 나와라!"

주랑의 손바닥이 점점 뜨거워지더니, 투명하게 반짝

거리는 방망이가 스르륵 솟아올랐다.

주랑이 손바닥 위에 떠 있는 방망이를 낚아채듯 손아귀에 꽉 움켜쥐었다. 다른 한 손으로는 혹부리 영감의 억센 팔을 힘껏 내리쳤다. 혹부리 영감이 쓰러질 듯 휘청거렸다. 주랑은 뒤로 펄쩍 뛰어올라 야구방망이를 잡듯 두 손으로 도깨비방망이를 감싸 쥐었다. 전류가 흐르는 것처럼 온몸이 찌릿찌릿했다. 방망이를 본 혹부리 영감의 눈이 희번덕거렸다.

"킬킬, 역시 도깨비방망이를 가지고 있군."

혹부리 영감이 공중으로 펄쩍 뛰었다. 주랑이 주위를 두리번거렸다.

'어디로 사라진 거지?'

강비가 외쳤다.

"조심해!"

주랑은 갑작스레 뒷덜미를 세게 맞아 순간 정신이 아득해졌다. 무릎이 앞으로 꺾이며 털썩 꼬꾸라지는 찰나, 간신히 도깨비방망이로 땅바닥을 짚고 몸을 지탱했다. 혹부리 영감이 재빠르게 허공으로 몸을 날려 다시 주랑의 뒤통수를 세차게 내리쳤다. 주랑이 바닥으로 나뒹굴었다. 혹부리 영감이 방망이를 향해 손을 뻗었다. 주랑은 안간힘을 쓰며 방망이를 더욱 세게 움켜쥐었다. 혹부리 영감이 재빠르게 펄쩍펄쩍 뛰어올라 제대로 보이지 않았다.

강비가 소리쳤다.

"방망이를 들어 올려!"

진흙 범벅이 된 주랑은 방망이를 들고 일어서 정신을 집중했다. 푸르스름한 기운이 주랑의 몸을 에워쌌다. 방망이와 주랑의 손이 점점 하나가 되는 것 같았다. 그러자 혹부리 영감의 모습이 느린 화면처럼 조금씩 선명하게 눈에 들어왔다. 주랑이 펄쩍 뛰어오르며 방망이를 들어 올려 혹부리 영감을 향해 세차게 내리쳤다. 주랑은 번개처럼 날아다니던 혹부리 영감이 둔탁하게 방망이에 부딪치는 것을 느꼈다. 혹부리 영감이 바닥에 데굴데굴 굴렀다. 잠시 움직이지 못하는 듯하더니 땅을 짚으며 비척비척 일어났다. 가까스로 머리를 치켜든 혹부리 영감이 주랑을 노려보았다. 혹부리 영감의 눈과 몸에서 불이 나듯 시뻘건 기운이 온몸을 뒤덮었다. 공원에 짙은 그늘이 드리우며 스산한 바람이 불고 잔가지가 툭툭 부러졌다.

"잡종 도깨비라 우습게 봤더니 제법이구나."

혹부리 영감으로부터 후텁지근한 바람이 세차게 불어왔다. 주랑의 몸이 휘청거리며 뒤로 밀렸다. 혹부리 영감이 펄쩍 뛰어올라 주랑의 도깨비방망이를 향해 손을 뻗었다. 주랑과 혹부리 영감의 몸이 뒤엉켜 바닥을 데굴데굴 굴렀다. 주랑은 도깨비방망이를 뺏기지 않기 위해 안간힘을 썼다. 또다시 혹부리 영감의 모습이 사라져 보이지 않았다.

나뭇잎이 사그락사그락 부딪치는 소리가 나지막하게 퍼졌다. 그러더니 저만치에서 쿵 하는 소리가 들렸다. 혹부리 영감이 강비를 에워싼 투명 돔 앞에 서서 손바닥으로 짚었다. 투명 돔이 줄어들며 쭈글쭈글해졌다. 방 한 칸 크기 정도였던 팽팽하고 둥그런 돔이 빠직거리며 조금씩 주름이 생겼다. 강비는 당황한 얼굴로 돔 안을 두리번거렸다.

주랑이 강비에게 달려가려 하자 혹부리 영감이 주랑을 향해 손바닥을 쫙 펼쳤다. 강한 바람이 주랑에게 세차게 불었다. 주랑은 거센 바람에 밀려 발걸음을 뗄 수 없었다. 나뭇잎과 돌멩이가 공중으로 붕 뜨며 작은 회오리바람을 일으켰다.

"약해 빠진 도깨비 같으니라고!"

혹부리 영감이 시커먼 입을 벌려 킬킬 웃었다.

주랑은 두 다리에 힘을 주어 몸을 지탱하고 정신을 집중했다. 그러고는 도깨비방망이를 들어 올려 주문을 외치고 혹부리 영감을 쏘아보았다. 별안간 도깨비방망이가 번쩍거리더니 한 줄기 푸른빛이 혹부리 영감에게 쏜살같이 날아갔다.

"헉!"

혹부리 영감의 얼굴이 갑자기 앞으로 푹 꺾였다. 혹부리 영감이 고개를 들었을 때는 턱에 길쭉한 혹이 하나 더 붙어 있었다. 혹부리 영감은 허둥대며 턱에 붙은 혹을 잡아당겼다. 혹부리 영감이 펄쩍펄쩍 뛸 때마다 얼굴에 붙은 세 개의 혹이 이리저리 흔들렸다.

"잡종 도깨비, 가만 안 두겠어!"

혹부리 영감이 분노를 주체하지 못하고 고래고래 소리치며 혹이 찢어져라 세게 잡아당겼다. 하지만 혹은 얼굴과 하나가 되어 절대 떨어지지 않았다.

주랑은 도깨비방망이를 좌우로 흔들며 성큼성큼 걸어갔다. 푸른빛이 주랑을 빙글빙글 감쌌다. 도깨비방망이는 가시가 박힌 날카로운 채찍으로 변해 혹부리 영감의 몸을 휘리릭 감고는 꽉 조였다. 채찍은 끊임없이 길어지며 혹부리 영감의 몸을 칭칭 감쌌다. 혹부리 영감의 몸에서 뼈가 부러지듯 우두둑 소리가 들리며 몸이 뒤틀렸다. 얼굴만 나온 혹부리 영감이 중심을 잡지 못하고 바닥으로 철퍽 쓰러졌다.

"이, 이런 잡종 도깨비에게 당하다니."

혹부리 영감의 얼굴이 괴상하게 일그러지더니 몸이 흐물흐물 녹아내렸다. 진득진득한 시커먼 구정물 웅덩이에 준영이 쓰러져 있었다. 곧 구정물이 먼지처럼 흩어져 사라졌다. 주랑은 돔으로 달려갔다.

돔은 바람 빠진 풍선처럼 강비의 몸을 바짝 쪼이고 있었다. 강비가 정신을 잃을 것 같았다. 주랑은 방망이로 돔을 힘껏 내리쳤다. 한참을 격렬하게 내리치자 돔에 균열이 한 줄씩 생겼다.

이윽고 돔이 쩍 갈라지며 사라지고, 강비가 바닥에 풀썩 쓰러졌다. 정신을 차린 건우가 뛰어와 강비를 끌어

안았다.

주랑이 숨을 거칠게 몰아쉬었다.

"강비야, 괜찮니?"

강비가 힘없이 고개를 끄덕이고는 주랑의 손을 잡고 일어섰다. 건우는 쓰러져 있는 준영에게 다가갔다.

"준영아, 정신 차려."

준영이 부스스 몸을 일으켰다. 주위를 둘러보던 준영이 겁에 잔뜩 질린 채로 몸을 웅크렸다.

"괴물이, 내 몸에 들어왔어. 아무것도 내 맘대로 할 수가 없었어."

준영이 몸을 부들부들 떨며 건우에게 몸을 기댔다. 강비가 다가왔다.

"요괴와 계약하는 건, 네 목숨을 바친다는 뜻과 같아. 운 좋은 줄 알아. 오늘 네가 보고 들은 것은 모두 비밀로 해야 해. 어차피 아무도 안 믿어 줄 테고 이상한 사람 취급만 당할 거니까."

우리 모두의 세계로 돌아와

강비네 집 거실에 세 아이가 모여 앉았다. 강비 엄마
는 탁자 가득 각종 간식을 차려 주었다. 만두와 찐빵에
서 하얀 김이 모락모락 올라왔다. 주랑과 강비가 허겁
지겁 만두와 찐빵을 집어 먹었다. 건우는 그런 두 아이
를 바라보며 만두 한 개를 천천히 입으로 가져갔다. 강
비가 신기한 눈으로 주랑을 바라봤다.

"혼혈이라 약할 줄 알았는데, 그렇지 않아서 놀랐어."

강비는 주랑의 번쩍이는 도깨비방망이를 떠올렸다.
엄마와 자신의 방망이와는 달랐다.

"수장 도깨비의 방망이와 같은 것을 물려받을 줄은

몰랐어. 그건 네가 다른 도깨비보다 더 강력한 힘을 가지고 있다는 뜻이거든."

강비가 왼손을 펴자 도깨비방망이가 솟아올랐다. 강비의 방망이는 길쭉한 줄무늬처럼 나무와 쇠로 꾸며진 방망이였다.

"도깨비방망이는 모양이 다 달라. 너도 아직 네 힘을 잘 모르겠지만, 아무튼 나도 상대하기 힘든 요괴를 너는 물리쳤어. 정말 다시 봤어."

건우가 강비의 도깨비방망이를 바라보았다.

"자주 봤는데도 적응이 안 되네. 헤헤."

주랑이 만두를 오물오물 씹으며 말했다.

"도깨비 세계에 사흘이나 갇혀 있었는데, 우리 세계에서는 십 분이지 뭐야."

"네가 우연히 도깨비 세계에 들어간 건 아니야. 네게 도깨비방망이가 필요해서 코리가 인도한 거야. 코리도 도깨비 세계의 영물이야. 그래서 네 주변에 머물러 있던 거고."

주랑이 무릎에 앉은 코리의 등을 쓰다듬었다.

건우가 말했다.

"내 친구들은 도깨비고, 코리는 영물이라니 정말 믿기지가 않는다."

건우가 주랑에게 물었다.

"도깨비 세계는 어떤 곳이야?"

강비가 주랑을 바라보았다.

"뭐랄까, 이상하고 아름다운 곳이야."

건우가 주랑과 강비를 지그시 바라보았다.

"너희가 가면 나는 다시 혼자가 되겠구나."

주랑과 강비가 동시에 건우를 바라보았다.

강비가 말했다.

"건우야, 우리가 없어도 이젠 힘들지 않을 거야."

건우가 맥없이 웃음 지었다. 주랑이 강비와 강비 엄마를 바라보았다.

"아줌마, 제가 가지 않으면요? 그러면 어떻게 되나요?"

강비 엄마가 어깨를 으쓱하며 말했다.

"너를 노리는 요괴들이 있어."

"아줌마, 제가 약한가요?"

강비 엄마가 바로 대답하지 못하고 머뭇거렸다.

"글쎄, 사실 예상외구나. 우리는 너를 보호하고 데려가기 위해 이곳에 온 건데. 도깨비방망이는 본인의 힘과 비례해. 도깨비의 힘보다 강한 힘이 나오지는 않아. 그건 오롯이 너의 힘이야."

주랑은 내키지 않았다. 잘 모르는 엄마에게 가야 한다는 것도, 아름답지만 이상하고 기이한 도깨비 세계도 모든 게 어색하고 낯설고 불편했다. 아빠를 두고 떠나야 하는 것도 이해할 수 없었다.

강비 엄마가 말했다.

"네가 더 위험해지기 전에 떠나야 해. 네 엄마와 아빠도 바라고 있어."

주랑의 집, 저녁 식탁에 음식이 가득 차려져 있었다. 주랑 아빠는 빈 밥그릇을 들어 밥솥으로 가져갔다.

"아빠, 그만 먹을래요."

"어이구, 어쩐 일이야. 밥을 한 그릇만 먹다니, 말도 안 돼. 어디 아파?"

주랑이 망설이다 대뜸 말했다.

"나 떠나면 혼자 어떻게 살 거예요?"

아빠가 설핏 웃으며 주랑을 바라보았다.

"자유지. 소파에 누워 있다고 잔소리 안 들어도 되고 아침밥 안 해 줘도 되니까 늦잠 자도 되고, 저녁밥 차려 주려고 부랴부랴 달려오지 않아도 되고. 도깨비 소굴 같은 네 방 안 치워도 되고."

아빠가 벌떡 일어나 설거지를 했다. 주랑은 아빠의 등을 한참 동안 바라보았다.

"나 엄마를 만났어요. 정말 근사하더라. 한눈에 엄마인 걸 알았어. 아빠가 왜 첫눈에 반했는지 대번에 알겠더라고요."

"멋진 여자지, 내 인생을 걸 만큼. 나는 널 보호해 줄 수가 없으니까 이제 엄마에게 가면 돼."

"진심이에요?"

"진심인지 아닌지는 중요하지 않아. 네 안전이 우선이야. 여기까지가 내 역할이야. 엄마 만나면 내 안부 전해 주고."

아빠는 스마트폰의 음악 볼륨을 최대로 높이고 설거지했다. 엄마가 보고 싶지 않냐고 슬그머니 물었지만, 못 들은 건지 못 들은 체하는 건지 대답이 없었다.

주랑은 아빠에게 묻고 싶은 게 많았지만, 더는 묻지 않았다. 그날 밤 아빠 방의 불은 밤새 켜져 있었다.

하루가 다르게 햇볕이 따가워졌다. 교실 분위기도 많이 변했다. 건우를 둘러싼 분위기도 예전과는 딴판이었다. 더는 누구도 건우를 무시하지도 함부로 대하지도 않았다. 주랑과 강비가 아니었다면 예전처럼 힘들었을 테지만, 건우는 두 아이가 없는 교실이 여전히 허전하고 외딴섬에 혼자 있는 것만 같았다. 건우는 교실 빈자리를 무덤덤한 얼굴로 둘러보았다. 주랑과 강비가 갑작스레 떠난 지도 어느새 한 달이 지났다. 요 며칠 준영까지 학교에 오지 않아 빈자리는 세 곳이나 되었다. 아이들은 민기에게 준영의 안부를 물었지만, 민기조차 모른다는 대꾸만 했다.

은지가 말했다.

"너희 절친 맞아? 왜 아무것도 모르니?"

민기는 화내지도 못하고 난처한 표정만 지었다.

"전화도 안 받고 문자 보내도 안 읽는 걸 어떡해."

준영의 결석이 길어지자, 잔뜩 기죽은 민기는 친구들

에게 심술을 부리지 않았다. 선생님은 준영이가 병결이
라고 했으나 교실에는 이미 소문이 무성했다.

"준영이네 엄마가 준영이네 아빠를 아동 학대와 폭력
으로 신고했대. 아파트로 경찰차에 구급차까지 오고 난
리였대."

"준영이 부모님 이혼할 거래. 걔네 아빠는 접근 금지
처분받는다더라."

이튿날, 준영은 팔에 깁스하고 학교에 왔다. 준영은
민기와도 잘 어울리지 않고 아이들의 수군거림에도 아
무 반응 하지 않았다. 준영이 묘하게 변한 것은 최근 며
칠이 아니고, 혹부리 영감 사건 때부터인 것을 건우만
알고 있었다.

쉬는 시간이 되자 건우가 엎드려 있는 준영에게 다가
갔다.

"준영이, 괜찮아?"

아이들은 긴장한 표정으로 건우와 준영을 바라봤다.
건우가 준영에게 다가가 말을 붙이는 것은 교실 분위기
가 아무리 변했대도 낯선 풍경이었다. 아이들은 '어쩌려

고 저러지?' 하는 표정으로 건우를 바라봤다. 준영이 고개 들어 건우를 쳐다봤다. 늘 날카롭던 준영의 눈빛이 평온했다.

건우가 물었다.

"요즘도 괴물 꿈 꾸니?"

"이제 괜찮아. 그리고…… 미안했어."

아이들이 술렁거렸다. 건우와 준영은 교실 분위기를 눈치챘지만 굳이 티 내지 않았다.

학원 수업을 끝낸 건우는 습관처럼 주랑과 강비네 집 앞으로 갔다. 지난봄 내내 진한 향기를 내뿜던 키 큰 아까시나무가 산들바람에 무성한 잎사귀를 흔들었다. 코리가 미끄러지듯 나무를 타고 내려와 건우의 어깨로 폴짝 뛰어올랐다. 맞은편에서는 최씨 아저씨가 열심히 비질하고 있었다. 건우는 주랑이네 집 앞 계단에 앉아 바닥에 해바라기씨를 한 주먹 내려놓았다. 코리가 양 볼에 해바라기씨를 가득 채우자 건우가 흐뭇하게 바라보았다.

"너는 여기 계속 있어도 돼? 혹시 내 이야기 해 줄 수

있어? 그렇다면 보고 싶다고 전해 줄래?"

건우가 코리 등을 가만가만 쓰다듬었다.

"주랑이네 아빠는 혼자 계신가? 강비네 집도 아직 비어 있나 봐."

건우가 엉덩이를 털며 일어섰다. 코리가 쪼르르 나무를 타고 올라갔다. 건우는 나뭇잎 속으로 사라진 코리를 한동안 바라보다 나직이 말했다.

"코리야, 이제 그만 올게. 매일 여기 와서 혼자 앉아 있는 것도 힘들다."

건우는 몸을 돌려 터덜터덜 걸었다. 그때 누군가 건우가 있는 곳으로 헐레벌떡 뛰어왔다. 주랑 아빠였다.

"아저씨, 안녕하세요."

"건우야, 오랜만이다."

건우는 주랑의 집 앞에 매일 왔다는 말은 차마 할 수 없었다. 주랑 아빠의 양손에는 커다란 봉지가 가득 들려 있었다.

"뭘 그렇게 잔뜩 사셨어요?"

"장 봤지. 어휴, 지겨워. 이제 또 시작이구나."

주랑 아빠 얼굴이 몹시 즐거워 보였다. 그때 주랑이네

집 현관문이 벌컥 열렸다.

"아빠, 배고프다니까!"

건우가 홱 뒤돌아보았다. 뜻밖에도 주랑이 서 있었다. 주랑이 활짝 웃으며 건우에게 다가왔다.

"건우야, 보고 싶었어."

강비네 집 문이 벌컥 열렸다.

"주랑아, 엄마가 내일부터 학교 가면 된대. 어? 건우야!"

강비가 펄쩍 뛰어와 건우를 끌어안았다.

"우리 돌아온 거 어떻게 알고 온 거야?"

건우는 너무 반가운 나머지 아무 말도 할 수 없었다. 주랑 아빠가 흥얼거리며 말했다.

"아빠는 저녁 준비할 테니까 인사하고 들어와."

건우가 두 아이를 어리둥절한 얼굴로 바라보았다. 주랑이 생긋 웃었다.

"내 힘이 예상외로 강하다는 걸 알았거든. 두꺼비 회의에서 내가 인간 세계에 머물러도 문제없을 거라는 결론이 나왔어. 나, 우주랑은 우주 최강 도깨비거든. 히히."

강비가 혀를 끌끌 찼다.

"어쭈, 이제 허세까지 생겼어."

주랑이 강비 어깨에 팔을 둘렀다.

"물론 사고 치지 않는다는 조건이 붙었지만. 얘가 내 감시자야."

강비가 주랑의 팔을 털어 내고는 눈을 흘겼다.

"아, 귀찮게 생겼어. 하지만 괜찮아. 인간 세계도 꽤 재미있는 것 같아. 건우, 너도 있고. 여기가 우리 모두의 세계잖아. 헤헤."

주랑이 이웃집 앞으로 쓰레기를 밀고 있는 최씨 아저씨를 바라보았다. 바람이 불었다. 자그마한 회오리바람이 여기저기서 불더니 동네의 모든 쓰레기가 최씨 아저씨 집 앞에 차곡차곡 쌓였다.

세 아이는 허둥대는 최씨 아저씨를 보며 웃음을 터뜨렸다. 아이들은 길어진 그림자를 밟고 서로를 바라보았다. 땅거미가 진 골목길에 가로등 불이 하나씩 켜졌다.

산마루턱으로 푸르스름한 도깨비불이 넘나들었다.
해 질 녘 너른 뜰 앞에 덩치 큰 도깨비가 모여 섰다. 대
청마루 중앙에 수장 도깨비가 앉아 도깨비들을 내려다
보았다.

"수장 어르신, 아기씨를 인간 세계에 저리 보내도 되
겠습니까?"

"요괴가 또다시 아기씨를 찾아내면 어쩌시려고요."

수장 도깨비는 단정히 틀어 올린 머리를 매만졌다. 다
리 위에 앉은 코리가 귀를 쫑긋거렸다. 수장 도깨비는
부드럽게 코리 등을 쓰다듬었다.

"자네들, 도대체 머리는 왜 들고 다니는 거야. 주랑이
가 여기 와서 씨름으로 자네들을 다 이겼잖아. 자그마
한 여자아이한테 씨름조차도 못 이기면서. 쯧쯧."

"그, 그거야 도깨비방망이 힘이 워낙 강해서."

수장이 버럭 소리쳤다.

"도깨비방망이 힘이 왜 강한 건데? 도깨비방망이 자
체가 주인의 힘이잖아."

다른 도깨비가 굽실거리며 말했다.

"저는 대번에 아기씨가 수장 어르신 딸인 줄 알아봤
습지요."

수장이 혀를 끌끌 찼다.

"그 아이는 스스로 지킬 힘이 있어. 자네들이나 조심
해, 자꾸 인간 세계 들락거리지 말고. 요즘 때가 어느 땐
데 사람들이 도깨비불을 봤다는 소리를 하는 거야? 제
정신이야?"

수장 아래 도깨비들이 헛기침하고 서로 눈치를 보았
다. 도깨비들이 모두 물러나자 수장은 엉덩이 아래 깔
려 있던 앨범을 꺼냈다. 남편과 주랑을 떠나올 때 급하
게 챙겨 온 가족 앨범이었다. 수장은 천천히 앨범을 한

장 한 장 넘겼다. 사랑방 문이 스르륵 열리더니 강비 엄
마가 저벅저벅 걸어 나왔다.

"수장 어르신, 아니 시내야. 그렇게 보고 싶어 하더니
왜 보낸 거야?"

"요괴들이 인간 세계의 질서를 흔들고 있어. 인간 세
계에는 주랑이가 필요해. 지금은 내가 나설 때가 아니
야. 주랑이는 생각보다 강하고 자신을 지킬 수 있어. 주
랑이를 믿을 수밖에 없어. 그리고 언제든 이곳으로 올
수 있잖아. 너와 강비가 수고스럽겠지만 잘 부탁해."

해가 기운 도깨비 집 마당마다 연등에 화려한 불이 반
짝거렸다. 높새바람이 솔가지를 가볍게 흔들었다. 사물
놀이 소리가 도깨비 집을 벗어나 끝도 없이 광활한 도
깨비 세계에 울려 퍼졌다.

작가의 말

　오래전에 동화 작가를 꿈꾸던 순간이 있었어요. 생각에 생각을 거듭하며 이야기가 내게 오기만을 기다렸지요. 그 시간은 그리 길지 않았어요. 우주랑이라는 멋진 아이가 찾아왔거든요.

　처음에는 평범하고 약한 여자아이를 떠올렸어요. 고립되고 소외된 그 아이를 떠올릴 때면 늘 안타까웠어요. 하지만 그 아이는 근사한 도깨비방망이를 신나게 휘두르는 멋진 아이로 성장하지요. 맞아요, 저는 성장하는 아이의 이야기를 쓰고 싶었어요.

　『우주 최강 도깨비』속 주랑이는 자신감이 없고 소극적이고 때로는 무시도 당하지만, 자신을 사랑하며 주위를 포용할 줄 아는 멋진 혼혈 도깨비예요.

　이렇게 멋진 도깨비 우주랑 이야기가 탄생한 순간은 생각 외로 꽤 오래전이에요. 제가 처음으로 동화를 쓰고 싶다고 생각했을 때 구상한 이야기지요. 우주랑이 도깨비방망이를 소유하는 여정을 함께하며 얼마나 즐거웠는지 몰라요. 저는 주랑이가 근사한 도깨비방망이를 얻게 될 거라는 걸 여러분보다 미리 알고 있었거든요. 주랑이가 힘을 얻고 성장하는 과정에 덩달아 신이 났어요.

우리 친구들도 마음이 약해지는 순간, 혼자라고 생각되는 순간이 있나요? 저는 여러분이 주랑이처럼 한 뼘 더 성장하기를 바라고 또 응원해요. 누구나 가슴속에 도깨비방망이 하나쯤은 가지고 있잖아요? 친구들의 도깨비방망이가 멋지고 즐거운 길로 안내하기를 바라요. 저도 저만의 도깨비망방이로 늘 친구들을 응원할게요. 주랑이와 함께 주문을 외워 봐요.

찬누리찬누리치리, 친구들의 멋진 꿈이 이루어져라!

참고로 우주랑의 주문에는 뜻이 있어요. '복이 가득한 세상, 모든 악한 것을 물리치리!'라는 뜻이랍니다. 주문을 외울 때마다 복이 데굴데굴 굴러오기를 바라요.

이레

© 이레·모차, 2024

초판 1쇄 인쇄일 2024년 10월 23일
초판 1쇄 발행일 2024년 11월 5일

지은이   이레
그린이   모차
펴낸이   강병철
편집   유지서 정사라 서효원 장새롬
디자인   강우정
마케팅   최금순 이언영 연병선 송의정 성채영
제작   홍동근

펴낸곳   이지북
출판등록 1997년 11월 15일 제105-09-06199호
주소   (04047) 서울시 마포구 양화로6길 49
전화   편집부 (02)324-2347, 경영지원부 (02)325-6047
팩스   편집부 (02)324-2348, 경영지원부 (02)2648-1311
이메일   ezbook@jamobook.com

ISBN 979-11-93914-42-7 74810
      978-89-5707-898-3 (세트)